U0540617

人文诗散丛书

来日方长

唐小米 ◎ 著

花山文艺出版社
河北出版传媒集团
河北·石家庄

图书在版编目（CIP）数据

来日方长 / 唐小米著. -- 石家庄：花山文艺出版社，2023.10
（"诗人散文"丛书 / 霍俊明，商震，郝建国主编）
ISBN 978-7-5511-6445-0

Ⅰ．①来… Ⅱ．①唐… Ⅲ．①散文集－中国－当代 Ⅳ．①I267

中国国家版本馆CIP数据核字(2023)第017816号

丛 书 名：	"诗人散文"丛书
主　　编：	霍俊明　商　震　郝建国
书　　名：	来日方长 Lairi Fang Chang
著　　者：	唐小米

责任编辑：甘宇栋　王　磊
责任校对：李　伟
封面设计：王爱芹
内文制作：保定市万方数据处理有限公司
出版发行：花山文艺出版社（邮政编码：050061）
　　　　　（河北省石家庄市友谊北大街330号）
销售热线：0311-88643299 / 96 / 17
印　　刷：河北新华第一印刷有限责任公司
经　　销：新华书店
开　　本：880毫米×1230毫米　1/32
印　　张：8.5
字　　数：166千字
版　　次：2023年10月第1版
　　　　　2023年10月第1次印刷
书　　号：ISBN 978-7-5511-6445-0
定　　价：56.00元

（版权所有　翻印必究・印装有误　负责调换）

目录
CONTENTS

◎ 第一辑　轻功最好的只有风

田野	/ 003
偶尔的雨	/ 021
那些花儿	/ 031
屠夫与刀	/ 041
轻功最好的只有风	/ 059
拆	/ 077
旧物记	/ 088
所遇陌生人	/ 102
桃之夭夭	/ 110
来日方长	/ 128
从白纸的内部游离	/ 151
一朵花睡在更多花的梦中	/ 159
窗外	/ 174

◎ 第二辑　让灵魂独自冒险

春风里　　　　　　　　　／ 193
这方水土的甘甜　　　　　／ 202
夏日午后　　　　　　　　／ 210
途中有风沙　　　　　　　／ 217
花雕酒·满庭芳　　　　　／ 233
江山最北　　　　　　　　／ 240
沿途有河共秋深　　　　　／ 257

诗人散文
SHIREN SANWEN

第一辑 轻功最好的只有风

田　野

一

十四岁那一年，少年见过最美的星空。

在冀中平原田野的上空，夜色仿佛黑色绸布，星星点缀其间，深邃邈远，闪耀碎银般的光芒。田野尽头，天地混沌一片，而在无限寥远的夜的深处，细碎光芒大潮般涌现，更像神灵抛撒的一捧捧银色种子。

少年站在夜色里，呆呆地仰望。嗅到风中青苗与泥土混杂的气息，如同少女身上清冽的甜腥之味。少年为这莫名的思绪感到羞愧，他捂着眼睛，从指缝间，看见光芒涌动处，夜幕下的星光如同水波，穿梭、抖动，汇织成一张斑驳的银色渔网。一个老人手扶犁杖，在她瘦小身影的衬托下，那犁杖如一张拉满的硬弓。老人的身影随着犁杖摇摆，挺直弯曲，左闪右晃，少年看到一条被银色渔网扣住的鱼，正在这银色编织的囚牢里挣扎。

半个月前,老人的老伴儿查出了肾肿瘤,大儿子便把他接去八百里外的省城做手术。老人有两个儿子,大儿聪明,是村里罕见的大学生,毕业后成了农机研究所的研究员,在省城娶了媳妇,安了家。省城离村庄八百多里,大儿回家一趟,要坐上火车咯噔咯噔走上多半天,在一个叫旧城的地方停下住一晚,第二天还得早早地换乘另一趟火车。剩下的路途坐长途汽车到县城,运气好能搭上牛车马车,运气不好就只能步行到达村庄了。所以大儿很少回来,老人也不让他回来,怕钱都花在路费上。每年,大儿给老人寄些钱来,有时多些,有时少些,老人理解。她嘱咐大儿,不用惦着家里的事,钱也不用多寄,能供个少年的学费就行。省城里花钱的地方多,她知道大儿子也不宽裕。

大儿寄来的钱老人都用到小儿身上。小儿痴傻,娶的媳妇是个残疾人还早早去世了。她转头看了一眼身边的少年,留下这个可怜的孩子。而这个看起来比同龄人更加矮小瘦弱的少年,显然还不能成为劳动力。她重重叹了口气,唉,这个烧钱的货哟。

三天前,一场突如其来的冰雹把田里一尺多高的玉米秧全毁了,老人面前,满目疮痍,仿佛命运降下的诅咒。明年,少年就要去城里读中学,学费、生活费加上其他费用,又要有一笔花销。大儿给老伴儿治病估计要花不少钱,她怎么好意思再向他张嘴讨要少年的学费呢?如今这些花销就寄托在这几亩玉米地上,没有收成,靠什么去支应?

想到这些，老人眼睛不由得蒙上一层水雾，脚下几亩薄田在她心里更有了分量。

以往春种秋收时，同族的叔伯兄弟、侄孙们干完了自家的活计常会来老人田里帮忙。如今，家家忙着从冰雹灾害下抢收成，哪儿还有人顾得上她呢。家中所有的重担也就只能落在她这个老妇人身上了。

说是一个老妇吧，可老人心里总觉得自己和别的老妇不同。单说她那些堪称传奇的经历，就够人们讲上几天。当老人还是个女娃娃时，拉着瞎眼的母亲讨饭，一片荒芜的田野里，饿着肚子的人们如蝗虫般呼啦啦卷过，野草、野菜、树叶、树皮瞬间都被挖光抢光。女娃拉着她的母亲再也支撑不住，一头栽倒昏睡过去。雨下了一夜，她们也昏睡了一夜。直到天亮了，雨后的阳光暖融融笼罩着大地，女娃被阳光唤醒，睁开眼，她看到七彩光晕一圈一圈从天上漏下来，被光晕连接的土地上，隐约透着一抹绿色。女娃连滚带爬凑到跟前，惊喜地发现一层毛茸茸的小绿芽正从土里往外钻。她小心翼翼扒开土，看到足有几十粒大麦，没被人发现，竟被一场雨催发了芽。她大声喊娘，连声说找到吃的了找到吃的了。

靠着几十粒发芽的大麦，女娃救活了她的娘。令人惊奇的是，活过来之后，女娃就像被赋予了一种神奇的本领，她整日在被人翻过无数遍的田野里奔跑，却总能从那里找回吃的。甜草根、野菜根、躲在土地深处被唤作油葫芦的虫子、田鼠……她趴在土地上闻一闻，就能闻到这些食物的味道，就像那些东西本来就是田野藏起来单独留给她的馈赠，就像大地是独属于她的取之不尽的百宝箱。

自此，女娃更加相信大地能让她生就能让她活。除了吃饭睡觉，她几乎与田野朝夕相伴，就算光秃秃的冬天，也要去田里犁地、晾粪。而一言不发的田野也给了女娃全心的回报。她的收成总比别人高，收获的果实总比别人的饱满。以至当女娃随着岁月更迭变成一位老人，她依然像田野里的女王，她见过的粮食，只要上手摸一摸，捻一捻，嚼一嚼，就能说出这粮是播早了还是播晚了，害过什么病，收成是丰还是瘪。

田野给这位老妇人带来了全部尊严和快乐，如今她对田野却无计可施，就像扒下了她身上最光鲜的一件外衣。

面对被冰雹"炸毁"的田野，老人似乎真的无计可施了。自己的日子还得自己过，不能指望着别人。老人心中自有一股不服输的脾气。白天干了一天，夜深人静，老人翻来覆去睡不着，她心里，有股火烧着呢。索性起身，抖搂抖搂蓝头巾上的尘土、草屑，拿它包住花白的头发，又把那条沾满了泥浆的裤子从锄把儿上摘下来，重又穿上，扎紧绑腿。走出门时，拍了拍和她一样上了年纪的老牛，说了句，老伙计，咱们接着干吧。

少年也没有睡着，他心里也有些焦虑。虽然上学并不是他最盼望的事，但他想离开这儿去县城，他还从没去过县城，只听别人说过那里有宽敞的马路，香甜的奶油冰棍儿，还有一家专门卖书的书店，摆满了内容丰富的小人儿书。一家摆满了小人儿书的屋子简直就是少年梦里的世界。少年喜欢看小人儿书，他有两本，是隋唐演义的故事，他用这两本和别的孩子交换，看过别人的《三毛流浪记》《三打白骨精》《闹天宫》。但他只有两本，换来换去就没人再跟他换了。他在老人面前打滚儿撒泼磨了好久嘴皮子想买一本，可老人不答应他，少年自然无计可施。如果能去城里上学就好了，少年想，就可以去书店看小人儿书。

少年悄悄起身，跟在老人身后向田野走去。此时，田野里的至暗时刻仿佛已被天空的万丈光芒收服，星空变成了田野的另一副面孔。

也许星星是天空的收成。这样想时，少年颓丧的心情好了些。

田地晾了三天却依然泥泞难行，木耙扒不住土，老牛也站不稳，拉得歪歪扭扭。玉米秧毁了，抓紧时间抢种或许还能得点儿收成，再晚，授粉期遇到高温，玉米容易出现秃尖或花粒，不仅种粮人白费了劲，粮食还卖不了钱。可老牛毕竟太老了，动作劲头儿都不如年轻的时候。老人急促地喘息着，大声呵斥老牛，连带咒骂天地、命运、痴傻的儿子、早逝的儿媳和不中用的少年。即便这样，怨恨也无法消解。她挺直佝偻的身躯，鞭杆指向头顶，仿佛此刻，星空也无法得到宽恕，她要用声势浩大的诅咒与响亮的鞭打与漫天星光对抗，证明那光芒涌动之处，全是假象。虚妄之境，亦有深渊般的绝望与孤独。

但一个老人的声音能有多大阵势呢？少年只听到一缕缕嘶哑的声音，划过地表，在天地间，在光芒编织的迷障里，钻来钻去，未及抵达星光照耀的高处，便被微风吹散。

老牛却像有着和主人一样的脾性，仿佛感知到主人的绝望，急切回应着鞭子，努力往前拉，任凭老人怎么拽它都不肯后退。殊不知，木耙卡在一块石头上，老牛从低头躬身向前到身体绷直高高昂起脖子，它的鼻息越来越重，脖子也挺得越来越直，衰老身体绷成了一支就要发射出去的箭。随着一声长长的"哞……"，嘣的一声，缰绳绷断，老牛真的像一支箭，往前冲去，几步后又如瞬间倾覆的土山，轰然倒地，牛角扎进土里。

少年被这样的变故惊呆了。一时间，世界一下子陷入寂静，连周遭的虫鸣都没了声响。

无边的星空下，突然传出一声老人的号哭，她高高举起的鞭子，再也没落在死去的老牛身上。

那个夜晚，少年不仅见到了最璀璨的星空，也目睹了最深重的黑暗。老牛死了。老人长久伫立在田野，耷拉着头，孤单的影子，像一棵被折断脊梁的向日葵，在庞大的荒芜中伫立。

更令人绝望的是，那个夜晚之后，老人一病不起，她满脸肿胀口眼歪斜，嘴角流下涎水，眼睛直愣愣瞪着少年。那张脸，简直像胀满悲苦却又流淌不出的一个疤脸南瓜。之后数日，她保持这种表情待在少年的恐惧中。亲戚们从县城请来名气最大的老中医为她针灸，在她脸上头上插满了银针。他们用一根注射器一针一针把熬好的泛着苦腥味儿的汤药推进她嘴里。她全无反应，更无表情，就像躺在人们面前的是个声息全无、口眼歪斜的木偶。

这些天，少年一直躲在人群外不敢上前，他不敢看老人的脸，竟觉得那张脸像戴着一张可怕的面具。他想，一定是老人装出来吓人的。说不定那晚异常璀璨的星空也是梦中景象。他盼着梦中的一切快点儿散去，老人还如往常一样急匆匆走向田野，走回家，大声骂他是个烧钱货。可这么多天过去，老人毫无变化，老中医叹着气说老人心里定是不想活着了，药石难医心病啊，不如早做准备吧。少年突然感到一种真实的悲伤，被抛弃的悲伤，这才终于相信，这一切不是梦，老人是真的病了。

这一晚，众人散去，少年踟蹰着来到老人身前。他迟疑了一下，还是伸出自己的手，轻轻放到老人脸上。他从没摸过老人的脸，现在，这张脸瘦得只剩下骨头。少年柔软的手掌轻轻摩挲着老人脸上的皱褶，似乎想帮老人把歪斜的口鼻扶到原位，却怎么也扶不回去。泪珠突然涌出眼眶，少年终于忍不住抽泣起来，眼泪像断了线的珠子落在老人脸上。他爬上炕去，把头伏在老人身上哀哀哭泣，他可以不去城里上学，也不要小人儿书，只要老人能活着。

二

当田里的玉米长到一人高时，老人终于再次出现在田野里。

少年的哭泣令她想起人生中诸多不能逃脱之事，见人便一通感慨，终究是个俗人哪，扔不下身后傻儿憨孙。而这场病，也带她奈何桥上走了一遭，终于让她接受了一个老妇的无力和弱小。她开始忏悔之前对儿孙的种种，甚至为了老牛临死前抽它的几鞭落下眼泪。在病榻上，她不止一次摸着少年的头承诺，一定好起来，并带他到集市去买一本好看的小人儿书。

她口眼还歪斜，背驼得厉害，胳膊和腿也仿佛生了锈，总是慢半拍。也许她的老胳膊老腿早就生锈了，少年想。但他却觉得老人比往日更多了些快乐。哪怕只是跟她打声招呼，她的脸上也会展现出孩童般的雀跃，立刻兴奋地给予回应。当少年望向她时，她又现出老人的迟滞，好像她一直在孩童与老人间切换着角色。

不管怎样，噩梦终于结束，老人好起来了，去城里上学和买小人儿书都重新有了希望。少年快乐着。

已错过玉米播种的季节，老人打算去集市上买冬小麦的种子，做下一季的打算。和往常一样，她兴奋地穿上平时舍不得穿的土蓝布斜襟大褂，在扁担两侧绑上两个旧箩筐，这是她赶集时必带的装备。出发前，老人一再对镜篦拢头发，用手指蘸着水，掸平褂子上的皱褶，一丝不苟的仪式，使他们踏上了这条更像秘密朝圣的土路。

少年跟在她身后，他们要走十里高低不平的土路才能抵达镇上的集市。

老人走得慢，似乎歪斜的半边脸看脚下的路也是歪的，常常走着走着就差点儿走到沟里去。如此走走停停，路途格外遥远。少年着急，抢过老人肩上的扁担，却发现个子太矮，扁担担在自己肩上箩筐就会擦着地面，只好又把扁担还给了老人。

临近晌午时，少年率先冲进集市，老人也随后赶到，他们先去粮市。老人像一只快乐起来的鸟儿，全然忘记了途中的疲劳。她穿梭在粮食们中间，驼背直了，腿脚也利索起来。她在每一处粮摊绕行，犹如在一垄一垄秧苗间穿行，就像这里也是一片被她开发过的广袤田野，而她是个自信的女王，在检阅着她的队伍。她伸出粗糙的手，抚摸着一堆饱囊囊的果实，是一些金黄的玉米粒儿，看到有人来询，卖粮食的人索性提起麻袋，一股脑儿把玉米粒儿倾倒在一面巨大的簸箕里，金黄色奔涌，犹如万千金粒子一下子涌出来，她们眼前瞬间堆起一座金山。

老人一边啧啧赞叹着，一边把手插进"金山"里抓着，搅着，从最深处抓了一把出来，在手里捻了又捻，放到鼻子下使劲儿闻了闻。她手上沾满粮食粉白的脂粉，鼻尖上，脸上，也蹭了一点儿，直到粗糙的大手上被泥土常年浸染的黑色口子也被粮食的粉末弥合了，她终于把手高高举起，伸展开五根骨节粗大的手指，金黄色的玉米粒儿就从她的指缝间翻滚、跳跃、闪耀着，重又滑入粮堆。

在以往的日子里，少年不止一次看到过这样的时刻，老人变得与众不同，满脸琐碎焦灼被骄傲愉悦所取代。她不像在选择维持温饱的必需品，更像是在参加一场丰收的盛宴。

过了晌午，集市已接近尾声，中途溜走的少年匆匆返回，很容易便在粮市找到了老人。

见少年回来，老人拍打拍打满手粮屑，掀开大褂斜襟，露出缝在里襟的黑色布兜，从里面掏出个手绢包，犹豫了一下，打开，扭头看看满怀期待的少年，从中抽出一张两毛的钞票迟疑着递过来——这是她临行前的承诺，要给少年买一本小人儿书。

少年伸手去拿，却还是拿了个空。老人一下子把手背到身后，看着疑惑的少年，讪讪笑着，把身子扭过去，背对着少年又把两毛钱塞回一沓钞票里。

少年偏不任由她的小动作，噌一下跳到她对面，抬眼瞪着她。只见老人用手指头蘸点儿唾沫，一张一张捻动着一沓钞票又数了一遍。

说是一沓，不过只是些一毛、两毛、五毛的票子，还夹着几枚钢镚儿，应该是以前老人捡破烂儿攒下的钱。见少年作势要抢,紧紧攥着钞票的手一下缩进袖子里,脸上挤出的笑和以往很多次一样,让少年愤怒又绝望。

老人想买一些黄米种儿,卖黄米的是个陌生的外地人,第一次来这里赶集,集市上黄米不常见,他的黄米泛着油油的亮光,颗粒又大又饱满,老人爱不释手。但老人磨破了嘴皮,也没降下半毛钱。无奈,她"打扫"了身上所有的毛票、钢镚儿,才换回半小袋儿带壳的黄米种儿。别说少年的小人儿书了,连中午买块油饼的钱都没了。

委屈的泪水在眼眶里打转,少年压着一团愤怒的火,恨恨跺着脚跟在老人后面往回走。黄米种儿就放在老人身后的箩筐里,小小的麻布袋儿并未装满,带壳的黄米种儿,随着箩筐的摇摆发出喀喀声,仿佛在嘲笑少年的愤怒和无奈。

少年心里叨咕:为什么会相信她的话呢?原来她一点儿都没变,还是那个抠门儿的老人。他越想越觉得委屈,不知哪里生出一股念头,紧贴着老人的箩筐蹭过去,掏出装在裤兜里的铅笔刀……

少年的怒火终于被这样的场景劝解:老人踉跄地挑着担子走在前面,而她视为宝贝的黄米种儿,正随着扁担的摇摆,从箩筐的缝隙中一粒粒漏下来。她并不知道,身后的麻布袋早被愤怒的少年捅出了几个洞。

想到老人抖着空布袋气急败坏的样子;想到她返身回来找也找不回的种子;想到这些种子终会被道路上无数双脚踩进黄

土,就像农民在田野里播种。明年春天,不,也许今年秋天,黄米种儿就在这条路上发芽生长了,老人去赶集,穿行在一排绿油油随风摇摆的秧苗中……少年禁不住偷笑起来,那是她曾遗失的黄米种儿,也是少年向她示威的队伍。现在,它们脱离了她的田地,长成一片自由的田野,人人都可占据,人人都能摘取它的果实。哦,也许会被眼尖的麻雀发现,不顾一切来这里啄食,她会不会和麻雀们一样,顾不得簇新蓝布褂子的体面,想尽一切办法把这些果实据为己有?

那一天,直到月亮出来时,老人终于再次返回。月亮像一面完整的镜子,照得庭院亮堂堂的。少年倚门看到,老人把从土路上扫回来的一点儿掺着黄米种儿的沙土气恼地抛撒到墙根,顺手抓了把青草。枣树下已经没有老牛了,老人手里抓着把青草呆呆站了一会儿,终于挨着枣树坐下去。她注目的前方,是一望无际的田野。她身后倚靠的,是像老牛一样的影子,她自己的影子。

三

在田里栽了几个跟头之后,亲戚们便强制老人不许她再去田野,他们把她的田收走代种。收成好时,刨去地头儿花销,粮食卖的钱对半儿分。收成不好,包着老人一年吃粮食,赔的钱他们出。为此,老人的大儿还专门回来一趟劝服老人。

少年也不知道为何会变成这样。老人去买麦种儿,却忘了这件事只买了黄米种儿。老人帮人家收棉花，居然忘了哪道垄已摘过，又从头儿摘了一遍。去捡红薯，把红薯叶子塞进麻袋推回家，竟把红薯遗在田里。土地似乎与她失去了默契，并将赐予她的一身本领尽数收回。少年看到，老人站在田野里，经常望着空空的两只手发呆，似乎在努力寻找丢在时光这条路途中的蛛丝马迹。在农忙的人群中，她又显得手足无措，成为人群中一个碍手碍脚的累赘，一个被田野抛弃的"孤儿"。少年忽然想起那个星光异常明亮的夜晚，竟然是一条分割线，令一个人的无限明亮与至暗时刻同时到来。

离开了长着玉米、麦子、红薯、大豆的田野，老人赶着羊群漫无目的地游荡，像失了魂。

少年跟在她身后，穿过村庄，掠过收割后的玉米地，翻过大坝、河滩，风像鞭子，抽打着他们和羊群。沙子也像鞭子，像带刺的鞭子，抽疼了少年的脸。少年想起那个夜晚老人响亮的鞭子声，心头突然涌上一股莫名的悲伤。也许有一天，老人也会像老牛那样死掉，变成一颗星星，只能用微小的光芒照耀着她热爱的田野。少年突然觉得，那夜星光真像一场隆重的告别仪式，一场老牛和老人与田野的告别仪式。

游荡了几天，老人终于在村外一块废地边停下脚步。少年看到几条窄细的洼地，横竖交错围着中间一块高硕的沙土岗子，老人居然来到了村里人人忌讳的"轿杆地"。

顾名思义，"轿杆地"就是状如轿杆的几条小径斜插入沙土岗，就像轿杆抬着一顶轿子。而村里人的忌讳，皆因为这片荒地久无人迹，更如野草般衍生着许多传说。流传最广的一则是以前这里成群的黄鼠狼出没，叫声诡异。经常有人在这儿撞见怪事，有个生意人抄近路走了这里的小路，竟然在洼地里走了一夜，怎么也走不出去，天亮了发现累得浑身酸软，却还在来时的路上。少年不信邪，和伙伴一起来这里一探究竟，用棍子拨开荒草，却连一只黄鼠狼也没看到。倒是看到两条草蛇，惊慌逃窜了。少年便知道那些传说都是大人编的瞎话罢了。

其实"轿杆地"原是旧坟地，埋过几位抗战牺牲的战士和游击队员，几年前，他们的坟都被统一迁去市里的烈士陵园，现在，这里只遗下零星几处低矮的旧坟，也不知是哪朝哪代谁人的坟了。季节渐近秋凉，茂密的草覆盖着一切，这块地方，像被草织就的一片深不见底的黄绿色海洋。

老人用手里的棍子打了打附近的草丛，以便把草下的活物惊走，便把羊群赶进去吃草。她则用脚踩平了身下一片杂草，招呼少年一起割草。

俩人用镰刀割，也用手拔，不多会儿便拔出一块空地。老人喘着粗气坐下，开始有一搭没一搭地随手拔着身边的草，不一会儿，就以身体为圆心拔出了一个干净的圈儿。只见老人从背囊中掏出一柄生锈的锹头，尝试着在圈里挖坑。少年抢过去挖了几下，土质松软，好挖，这让少年来了兴趣，很快，就挖好一个小坑。

老人继续做同样的事，以自己坐的地方为圆心，拔出一个圆圈，挖坑，做好了这些，就再挪一个地方。

她似乎并不想把所有的草都铲除干净，坑边的草只是沿着一个方向一缕一缕像编麻花辫那样编起来，这番动作看上去更像是没事做的老人打发时间的一种游戏，或者，她是为了给羊群储存些干草和雨水吧。少年想，失去了田地的老人也只能来这片无人之地拔草放羊，证明她还没有离开田野，还活在这片土地上。

想到这些，少年仰身，颓然躺倒在割过的草地上，看到火红的日头正落在沙岗头，把沙岗顶上的沙子也染上了一层金红，好像沙岗的最高处有一条金红色的道路，一条能走进落日里去的路，从南到北，寂寞地孤悬。

之后的大部分空余时间，少年重复做着一件事，用糯米熬成的米汤和泥。而老人选出几处地势高的土坑，沿着坑内缘铺好蒲包片儿，再把泥一层一层抹覆在上面。蒲包片儿是蒲草秆儿用碾子碾平后编织而成，像炕席，却比炕席更柔韧防水，再抹上一层特制的泥浆，倒像是给土坑做了一层"内衬"。

雨多起来的时候，土坑已经晒干晾好，正好成了储水的容器，雨水不会那么快就渗进土里。隔天，少年看到老人把一捆捆剪成小段儿的枝条扔进土坑的雨水里，嘴里还念叨着，喝吧，喝吧，喝饱了水。她脸上的表情愉悦又神秘，就像孩童，正独自沉浸在一个巨大的秘密中，正在一条冒险之途往来奔袭。少年嗤笑了一声，却又愤怒地想，枉费自己还以为她要用这种方式给羊群蓄草储水，没想到费了这么大劲儿却是在陪她玩过家家，自己真是个大傻帽儿。

少年便不再跟随老人去"轿杆地"放羊了，需要找她时，就站在沙岗子这头吹哨子。这是呼唤老人和羊群的信号，沙岗像一座巨大的掩体，把一侧的洼地遮挡得严严实实。"呜……呜……"哨子声穿过沙岗，不大一会儿，就能看到老人出现在那条能走进落日的道路上，她身后，紧跟着沸腾的羊群。

不仅田野里的人忘记了老人，生活中的人也几乎忘了她。少年去城里读书，亲戚们也越来越少地问起老人。反正她早出晚归，总会赶着羊群回家。

终于有一天，同族人庆祝丰收的聚餐进行到一半，突然有人发现餐桌上没有老人，有人看向少年，少年支吾着，学业紧张，又不经常回来。有人想起，从今年春天开始，老人似乎有点儿傻了，只带两个馍去放羊，中午也不回家。众人一听不由得心生惭愧，他们确实太忽略老人，若是老人就这样悄无声息地死去，他们岂不是会后悔一辈子？于是有人提议，反正吃了饭没有紧活儿，不如一起去看看老人咋个放羊吧，顺便给她捎带一些热乎的饭菜。

少年带众人来到沙岗下，"呜……呜……"使劲吹响哨子，等了好长一会儿，居然没有收到回应。少年有些纳闷，忍不住冲上沙岗，众人也纷纷抬脚跟了过去。

少年冲在最前面，站在沙岗最高处向下看，竟然被眼前的一幕惊呆了，荒草洼地已经有大半被割平，绿草间，一个个圆圈包围的土坑里，栽满了各种各样的枝条，如一队队参差不齐的士兵。

少年狂呼着冲下沙岗，仔细端详，坑里栽种的枝条都已经长出了树叶，看叶子分辨，洼处的是柳树，高处的是桑树、枣树。眼前的景象简直令少年震惊，他激动地转身呼喊后面的人，却见他们正站在沙岗最高处，呆呆看着脚下犹如魔法一般的景象：荒地已被分割成两半，一半野草萋萋，羊群静卧其中。另一半，像刚剃过的头一样，被老人割得只剩薄薄一寸绿色，一根根枝条就在这薄薄的绿色中拉开了山河画卷。

终于有人想起来，老人本就是扦插高手，村里固沙的老桑树都是她年轻时一棵一棵插活的。

老人竟在荒地里开出一片树林。

就在某天清晨，已经长大的少年被一阵喧闹声惊醒，跟着大家跑到地头儿，看到一队刷着油红色新漆的收割机轰隆隆卡在半途，两侧围满了人。他挤进人群，只见痴呆了多年的老人浑身披挂着稻草，头上戴着一顶稻草人戴的破草帽，她在麦田里恣意挥舞镰刀，像一位披着金黄铠甲的将军。在她前面，秋风鼓荡着金黄色的麦田，发出哗——哗——大海般的潮声，似乎在迫不及待地呼唤着收割的镰刀。而她身后，一队收割机一字排开轰隆隆缓慢前进着，像她一个人的军队，跟随着她，开进麦田。

这是老人的最后一个秋天。

多年后,曾经的少年回到家乡为老人立碑,他在祭文中写道:我奶奶,闺名王躲。对,是躲藏的躲,不是花朵的朵。1923年,也就是民国十二年,大中国正面临腥风血雨,而冀中平原的小村庄也遭受着军阀混战的动荡,东躲西藏的我奶奶的娘就把我奶奶生在了玉米地里,从此开启了她与田野血脉纠缠的传奇……

曾经的少年知道,没有任何一部历史会记述一个普通农民的一生,记下她的全部热爱,都和田野有关。而他写下的这些,也不能刻上她的墓碑。但他继续写着:2010年最大的一场雪,带走了我奶奶,临死前她白皙瘦弱,像一朵雪花,躲进了雪里。

偶尔的雨

一

初夏的天气有些变幻莫测，雨偶尔来又迅疾消失，似一位匆匆的路人。而之前没有任何预兆，大太阳照样高挂着，时而有风相伴。更有些时候东边日出西边雨，一片云彩下面是不同的两个天空。

有一次正在午睡，被窗外哗啦哗啦枝叶婆娑的声音吵醒，风有些大，刮在叶子上，那声音听起来像质地精良的铂片被谁从高处一股脑儿推下来，又像是宽豆荚里生活着些干瘪的豆粒儿，风来，豆粒儿在豆荚里碰撞。其实大多时候等听到风声，雨已经下来了，仿佛一首乐曲的间奏，是穿过叶子缝隙的唰唰声，稍后屋檐下便会发出滴滴答答的声响，击磬的人来了，雨点儿大了起来。

我喜欢听雨中叶子发出的不同声响，雨夜半而至，轻轻敲窗，雨水变成一根银丝，把叶子穿上，在风中摇曳。如同窗外有一个人，步子落在石渣路上，是在等待抑或踌躇？总之是呼吸间的"哗啦，哗啦，哗啦"。

如果常听雨水和叶子的合鸣大致就能想象出叶子的形状和大小，像芭蕉那么宽大而低矮的叶子，细雨落在上面是沙沙的，仿佛一些细小的沙粒儿同时撒下，没有透明的感觉。雨点儿稍大些，则又会发出嗒嗒的声音，让人担心雨点儿的重量会不会穿透叶子。而小叶的藤类植物，遭遇雨水时只会发出单调的哗哗声，雨水使它们的叶片向上生长，薄到能停在雨的缝隙间，令人怀疑宽大的雨幕是被它们划破的。

只有这样的叶子才会发出哗啦哗啦的声音，它们生长在高高的枝干上，对风比别的叶子更敏感。它们的叶片不大不小，薄而有韧性，在枝枝杈杈上蓬勃着，却并不拥挤，保留自由的空间等着雨来。比如梧桐、杨树、桑树……

我常听到的声响就是杨树叶子发出的。

住在城乡接合部，就像进入了城市中很梦幻的一段区域。站在自家阳台上，往右看，是新城的高楼大厦，往左看，却是农村低矮的平房。几十栋20世纪90年代初兴建的两层楼和一片杨树林就像黏合剂，把高楼大厦和低矮平房毫不违和地粘连在一起。如果只看影子，奇妙的高低错落竟像一幅和谐的山水画。自然之物的存在，巧妙地将楼宇和房舍的生硬参差转化成了流动的曲线。尤其当一场暴风雨到来，那些杨树俨然成了姿态万千的主角，呐喊着，摇动着手中的旗帜，它们背后的钢筋水泥、土瓦砖墙，不过是灰的、红的、白的背景罢了。

就是这一片杨树林，十几棵杨树已经有些年头，枝干很是粗壮，春夏时节枝叶繁茂，像一把把撑开的伞，时常能听到鸟儿在绿叶间鸣叫，却找不到它们藏在哪儿。尤其是初夏一场不急不缓的细雨过后，刚刚变成油绿的杨树叶像被罩了一层清漆，油油地闪着光，鸟鸣也如雨滴般从绿叶子上滑落。而闲暇的老人们，雨刚停便走出家门，手里拿着小马扎重又坐回树下，继续他们的话题或棋盘上的厮杀。偶尔一阵风来，摇动着树叶，雨滴和着鸟鸣一起落下来砸在他们头上、肩上，溅起一阵惊呼或嬉笑，这是大树为他们下的又一场雨。

林间还有个喜鹊的巢，犹如一顶潦草的"帽子"，搭在最粗的枝丫间，那是喜鹊们的家。初春时，树上的叶子刚发芽，我见过两只喜鹊，一只不停衔来树枝，另一只一根一根把衔来的树枝搭上。两只喜鹊交替干活儿，看起来分工明确而有序。又过了一段时间，居然从窝里露出几只小喜鹊的脑袋，个个朝天空张着嘴巴，两只喜鹊一趟又一趟飞去飞回，这对辛苦的夫妻不停去各处寻觅食物喂它们的孩子。那段时间，总看见这两只鸟不辞辛苦地造窝育儿，以至于雨下来时我竟有些担心，树叶能为鸟巢遮挡住雨水吗？下雨时那些小鸟儿都去了哪儿？

为此，竟去搜了相关书籍，才知道，原来鸟儿的避雨方式多种多样，除了躲在树叶下，麻雀还会钻进瓦缝，燕子们就躲在屋檐下，生活在城市的鸟儿能从建筑物上找到任何可以避雨的地方。巢穴、岩石、灌木丛、树洞，都是鸟儿们躲雨的绝佳之地。躲避风雨，自然是有翅膀的鸟儿的本能了。

当然，也有一些鸟儿是不躲雨的，它们的翎羽比其他鸟儿更密实光滑，仿佛天生携带了防水功能。它们可以在雨里飞，捕捉落败的昆虫。

二

"嘀嗒，嘀嗒，嘀嗒"，我倾听，钟表也发出落雨的声音。如果每一面表盘都是一片微缩的大地，那时针、分针、秒针，定是雨的指挥棒，指挥着时间如雨倾落在属于它的大地。

"嗒，嗒……"雨雾刚刚散去的村庄，传来竹竿敲击地面的声音，我记忆中那个叫太儿的瞎子扇动着天生比常人大很多的耳朵，摇头晃脑地倾听，选择最干燥的一条路走回家。这个游荡四方算命为生的术士，总是在白天消失却在某个黄昏回来，从未被雨水淋湿过。

我问他，你为什么总能找到家呢？他告诉我，是风吹着他、雨牵着他把他送回来的。我幻想能拥有他乘风驾雨的本事，求他收我为徒。他却眨巴着瞎眼睛狡猾地说："你是我小姑姑，我怎么能收小姑姑为徒呢？"

这样的回答自然不能令人心甘，便演变成每次见到他都要问一遍相同的问题，终于有一次他给出了不同的答案，他指指自己的耳朵，说："我呀，能跟着雨水找到屋檐。"

跟着雨水找到屋檐，多么神奇的一句话。我不相信他能拥有这种神奇的本领，难道下雨不会扰乱他的听觉吗？但很快，我便见识了他的神奇。一个雨天，早晨一睁眼，居然看到太儿端坐在我家饭桌前，正呼噜呼噜喝着米粥。在村里时，外婆常常接济这个远房亲戚，现在我家刚从村庄搬到县城，他居然也找来了。外婆说，小瞎子眼瞎心亮，天生就有分辨平坦与沟坎的本领。我却想，他莫不是把外婆的善良温暖，当作庇佑他一生的屋檐了吧。

太儿经常在雨天敲开我家大门，有时饭也不吃，雨一停就起身上路。若赶上连阴雨，就住下，拿他在各地听到的奇闻逸事编瞎话。我爱听他编的瞎话，心里就盼着这雨啊，再下几天吧。

雨下着下着真就下成了连阴雨。有一年，城里突然出现许多要饭的人，说是安徽遭遇暴雨引发洪灾，他们只好出来乞讨。

要饭的人麻雀般三三两两躲在各家屋檐下避雨，小瞎子摸出去，与他们聊得热络。一会儿他回来了，摸出口袋里的钱，执意要母亲去买几领苫布，他要送给他们搭雨棚。母亲说啥也不允，有些微微生气地撂下话："要捐也是我们捐，你来钱不易，哪能要你一个残疾人花钱。"小瞎子就低下头不吭声了。雨停，他告辞出发，拉过外婆的手，坚持把钱塞给她，嘟囔着："虽是残疾人，也能出份力呀。"外婆笑了笑没再推辞。送他到门口时拉着瞎子的手说："我们太儿也能给别人递块屋檐了呢。"

像那些天生就会寻找避雨之地的鸟儿，瞎子太儿的神奇本领源于对雨中屋檐的倾听。他告诉我，雨点儿打在高处的瓦上有回声，雨点儿是轻盈的水花四溅的声音。雨点儿打在低处的瓦上是沉实的落地的声音。雨点儿落在木头上、铁皮上还是玻璃上，他一下就能分辨出来。屋檐是宽还是窄，是短还是长，他也能准确判断。甚至，雨何时来何时走他都能提前预判，提前早早给自己找好避雨之所。太儿所靠的依据，居然是风、雨、日、月这些自然的光辉和声响。

也许对瞎子太儿来说，雨代表的只是一种声音吧，只要他想，世间任何一种声音都是雨，都能带他找到屋檐。

连同雨水一起到来的瞎子把儿时的我带进了对雨无限神秘的猜想。其实在孩童心中，雨是上天为他们降下的最好玩的游戏，洼地土坑积满了水，可以用石子打水漂、放纸船，最刺激的是可以光着脚或偷偷穿上大人的雨靴去踩水。一场雨，一片水，俨然创造出无数快乐生动的童年。

大自然与人类的连接远不止这些，村庄里的小傻子，一到雨天就兴奋，爬上屋顶一遍遍呐喊："下雨啦，冒泡儿啦，青蛙蛤蟆打唠儿啦。"声音大到压过了雨声，湿淋淋在村庄上空飘荡。小傻子的叫喊也如号角一般，不一会儿，他家房前屋后便聚起一帮穿着雨衣戴草帽的孩子，跟随他一起叫喊嬉戏。我被外婆看得紧，每逢下雨，她就把我搂在怀里，一边轻轻拍打一边哼唱："风来了，雨来了，老虎背着鼓来了……"很快，我就会枕着歌谣进入梦乡。如今回想,当时人人会唱的歌谣,却是对雨最简单生动的诠释。这诠释中充满着乡间野趣,冲淡了雨季灾年的悲伤。

记得唐山大地震后是连绵的雨天,母亲带外婆返城住院,将我和外公留在尚未倒塌的小厢房里。厢房用土坯和稻草抹成,雨浸着土坯稻草散发出一股怪味儿,我却认定那是久未吃过的饼干味儿。村庄里一大半房子倒塌,家家粮食都被废墟掩埋,外公也只挖出小半袋玉米。太饿了,饼干味儿诱惑我尝试,偷偷抠出一把带着坯土的稻草,吃了。

很快,本就娇弱的肠胃起了反应,连拉带吐,肚子疼起来在炕上打滚儿。

粗粮是吃不得了。外公心疼地抹眼泪,哮喘也更加严重。他思量再三,终于做出艰难的决定——去向别人讨点儿大米。

在大米比金钱还稀缺的时刻,要饭相当于从别人嘴里抢饭。轻易不求人的外公着实为难。撑着伞在门口徘徊良久,返身回屋背起我,又走进雨里。

雨越下越大,像一只只手,把我们往回推。外公的油布伞是破的,用一块蓝布打着补丁,雨水从那块补丁里不停往里漏,全打在外公前胸,万枚钢针般扎在那里。

在村里走了一圈儿,外公几乎变成水人,伞下盖着妥妥的我,而他半身全湿,两条裤管淌成两条小河,浑身不停打冷战。

进门鞠躬,见人哀求,却只讨到几瓢小米。不是乡亲吝啬,实在是无能为力的多,他们有些眼睁睁在等救济粮,有些从废墟里扒出仅存的口粮，有些眼泪比雨水还密集，正沉浸在失去亲人的痛苦中，上门的人除了安慰还能说什么呢？

不知是心疼外公还是积聚的委屈终于找到缺口，我哇哇大哭，像这场雨，哭得难以止息。

就在哭声中小傻子的娘敲开我家的门，手里端着半瓢大米，她的脸像浸泡在雨里的苦瓜，肿胀、悲戚。小傻子被埋在倒塌的房子下，人们挖了两天才把他挖出来。那之后，雨天的村庄里永远消失了小傻子的呐喊。

"风来了，雨来了，老虎背着鼓来了。"外公夜夜哼着歌谣哄我入眠。

后来我发现，凡像眼泪的事物，一半含着悲伤。而风吹树叶，雨打窗棂，人世间所有的奔跑和停顿，都仿佛时光在生命里下过的雨。

三

雨滴敲击万物时，世间万物也照见了真正的自己。沉浸、阻挡或轻巧地把雨弹开，亦如包容、抗拒、巧妙逃避，每一种事物都用自己的选择来迎接一场必然的雨。

刚到台北就遇上了雨，独在异乡的淡淡忧愁突然像一滴被雨水洇开的墨汁，反倒随着一场雨的到来自由了，肆意了，淡了。不禁慢下脚步，就与台北的雨来一场约会吧。

台北的小巷大多盘踞着一些古旧的房子，雨水为旧房和野巷增添了幽邃和思念的气息。沿街民居有斑驳的青色围墙和朱红木门，门扇上张贴的门神已被雨湿透了半边衣衫，色彩突兀地鲜艳起来。多年的蔓生植物都有粗壮的根茎，绿的爪翻过围墙和木门，占据着半面墙。不管圆的还是长的叶子，不管开着紫色碎花的，还是开着白色碎花的藤，都在雨中兴奋地颤抖。小巷中偶尔能见到日式木屋，也是旧的，原色的木头檐子斜插，雨水在檐槽汇聚，连绵不断地流下来，像一条条小瀑布。顿觉眼前正在进行一场交接，倾斜的屋檐把雨水又送还大地。

旧木在等待中慢慢腐烂，但雨水永远是新的，清新的嗅觉里满是现代的气息。站在这样的屋檐下，徘徊在旧世纪的灵魂突然被一股强大的新世纪的味道捉住，一把拽出来，从陈旧的木头回到不断更新的细雨中。

台北的小巷并不逼仄，街道没有想象中开阔，沿街也没有摩天高楼，长相高瘦的是椰子树，最常见的是百年以上的榕树，伞盖般的树冠茂盛葱郁，枝干上垂着一条条附生的根须，像一道道系着流苏的门帘。穿过它们是否就能到达爱丽丝梦游的那个仙境？台北人面对一棵榕树可能并无幻想，也可能他们已经翻山越岭去过仙境了，看起来，他们的脸在雨水里从容又舒展，不像我，一个过客，在对未知无穷尽的幻想里兴奋而又伤感。

老榕树虬根裸露，大部分树根褐色的皮已经被磨掉了，露出里面的黄白色，被雨水冲刷，更像一节节骨头。这是大地的踝骨。

台北的街头还有一种树，当地人称作白千层，有杨树般高，叶子如桉树，树干没有皮，像一层一层被雨水浸濡成湿黄的纸糊起来的，用手一捏，居然是软的，立刻觉得好奇怪，如同看到一个站得笔直却没有脊梁骨的人。搜索后才知道，白千层有好多名字，又称脱皮树、千层皮、玉树、白千层、玉蝴蝶。到了花期，它的枝头会开出白色穗状花朵。而且，白千层油是茶树油的主要成分，茶树油又被称为"澳大利亚黄金"，是澳洲土著传说中神奇的肌肤治疗用品。我对能开花的大树一向有好感。万物莫不如此，只有通透，才能捧出身体里最灿烂的部分。更何况它还能提炼精油，作为草药治疗病痛，余香之外，美的分享已达极致了。

不管是急促的雨、柔缓的雨、愤怒号叫的雨、嘤嘤哭泣的雨，想必雨落到它们身上，就像雨落进雨里，没有一点儿抵挡的声音，连融化的声音也没有了。面对这些已经修成正果的树，人间凡事都有了结局。那一刻，雨落入大地，亦是落入了怀抱吧。

那些花儿

一

我喜欢百合花,白色的那种。

1990年卖花的还很少,有一次和男朋友走在大街上,意外地见到一个花店。我说我想要枝百合花,白色的那种。他在那簇百合花里挑来挑去,像在挑选细瓷,但似乎很难找到没有瑕疵的。他不知道,爱情,有时只要花开的模样就够了。

后来我们分手的时候他说:"我想送你一枝百合花,你要不要?"我说:"要。"我们骑着自行车转了半座城,却再也没找到一处卖花的地方,几个月前看到的那家花店已经改卖装饰材料了。我坐在台阶上号啕大哭,他懊恼地拍着我的肩膀说:"算了,算了。"

是啊。还能怎样?我们都知道,有些错过的就永远错过了,就算买到百合花又能怎样?爱情就像一阵风,它只从一朵花的面颊上抚过,却没找到合适的季节停留。

那一年发生了很多事,我长期居住的姨妈家也发生了动荡,姨父在外面有了女人,而娇蛮漂亮的姨妈每天出去跳舞,被不同的男人送回家,顺便抱回一束束玫瑰。红的、粉的、白的……有的还夹着外省的发票。花最多时,能在门口两侧摆成一排,像姨妈无暇看顾却又可炫耀的一支口音各异、热情昂扬的队伍。

但被花朵环绕的姨妈并不快乐,有几次我在夜里醒来,听到了她压抑的抽泣声。

姨妈二十七岁才遇到了姨父,在古老的北方小城,这个年龄的女孩儿还没嫁人引得亲戚朋友纷纷议论,姨妈却不为所动,她等的人啊,仿佛还在天边。

那些年,姨妈每次说起她少年时的伙伴,脸上都会闪着光。仿佛她还是那个十三岁的少女,站在故乡的屋顶对地面仰望着她的少年大声说:"你把山那边的野菊花采给我,长大了我就嫁给你……"

故乡的山里长满了野菊花,黄金一样开遍山坳,溪水边的尤其漂亮,像一簇簇金黄的火焰。

少年去采野菊花,暮色西沉时满身泥土的回来了,怀里真的抱着一大簇金灿灿的野菊花。后来姨妈随外公去驻地上学,每年暑假回来,少年都会给她采来野菊花。几年后,少年当兵走了,留给姨妈一本夹着野菊花的日记。姨妈也随转业的外公去了更远的城市生活,从此,他们再也没有见过面。

一年又一年，姨妈二十七岁了，漂亮得也像一簇金黄的火焰，却始终没有等来那个满身泥土抱着一大簇野菊花站在她面前的少年。就在这时，姨父出现了。

据说那是个结着露水的清晨，一脸汗水的拖拉机手背着简单的行囊出现在姨妈家的庭院时，姨妈正在院子里洗头发。她顶着一头散发着浓郁夜来香气味的白色泡沫问他："你找谁？"拖拉机手呆呆地望着姨妈挂满水珠的修长脖颈，散发着香味的泡沫正从那里流下来，在阳光中折射着七彩的光。他满脸通红，突然问了一句："你使的啥？真好闻。"姨妈回答："冷香洗发膏。"这段犹如接头暗号般的经典对话长久以来一直是我们的笑料，做了我们姨父的拖拉机手也总是尴尬地笑着解释："那天的阳光真是太好了。"

远近闻名的拖拉机手是外公的新司机。大院里停着一辆颜色已褪成灰绿色的军用吉普，是组织上为照顾解放战争中受伤跛腿的外公给他配的车。但在我看来，外公并不需要那辆车，他不坐，更不许家人搞特殊。外公喜欢他的自行车，一辆前梁用粗水管改成的老式自行车。这辆自行车就是他的"战马"，他年轻的儿女就在这匹"战马"背上长大成人，再奔向各自的前程。他喜欢这种"扶上马，送一程"的英雄气概。

其实外公骑车很不方便，得先用不跛的腿蹬两下，身子歪过去给那条跛腿留足了时间，那条跛腿才能蹬一下。屁股连带着身体在自行车上蹭来蹭去，从背后看，倒真像是骑在马背上。拖拉机手很机灵，他把这看在眼里，锯了块木头，又从钉马掌的铺子里买了块黑皮革，比照着自行车脚蹬形状做了个木垫，把它固定在自行车一侧的脚蹬子上，这样，自行车的脚蹬子也一边高一边低了，正好配合外公的跛腿，骑自行车时，再也不用发出"噔噔噔"的声音。外公高兴得合不拢嘴，就连一向严肃的外婆，也终于露出笑容，特意邀请拖拉机手来家里吃了顿便饭。

姨妈从一开始就喜欢上了这个人。当他穿着褪色的绿军装满脸通红站在早晨的阳光里，大胆看着满头泡沫的姨妈时，姨妈就从他身上找到了野菊花少年的影子，她的快乐像那些泡沫，透过身体的每个毛孔流了出来。他们的眼神在早晨的阳光里闪躲、碰撞，像两头并非同类却彼此新奇的动物。她用忽闪忽闪的大眼睛"嗅嗅"他，他用躲躲闪闪的小眼睛"嗅嗅"她，那一刻，他们都从对方那里闻到了令彼此迷恋的味道。直到外婆打开门，这位大户人家的小姐只看了一眼，就被空气中浓浓的荷尔蒙气息刺激，打了个响亮的喷嚏，他们终于醒过神来，姨妈从容转身继续去洗她挂满泡沫的头发，心里也快速决定了一件事，就是他了，这个乡巴佬儿，她要和他处对象。

拖拉机手也喜欢姨妈，从第一眼就喜欢，但只敢在心里偷偷喜欢。他不过是个没上过几天学的农村娃，家里连处像样的房子都没有，七个兄弟姐妹还像寒风中四散的羊群，为寻找一口干草四处奔波，这个高干家庭的美丽女孩儿，他怎么敢想呢？但他越克制越不受控制地想她。他去她们家帮忙生火劈柴、买米买面、垒墙搭瓦，做着貌似分内又不是分内的活儿，只为了多看一眼姨妈投向他的热辣辣的目光。终于有一天，他从姨妈无数次的暗示中找到了勇气，用节省下的工资托人从省城买回一束红艳艳的塑料玫瑰花，他决定不再躲闪了。

看着姨妈与这红艳艳的塑料花之间牵扯不清的表情，外婆再也无法装作什么也没发生。这个令她操碎了心的叛逆女儿又一次违背了她的心意，想跟一个一无所有的人去过一生？哼。她心里暗暗嘲笑他们：真是不知天高地厚啊。于是她故技重演，用恳求野菊花少年的语气（当然，除了姨妈，这是全家人的秘密），和男青年聊起姨妈的才华、前途，清晰的拒绝里却充满着一位含辛茹苦的老母亲的辛酸与无奈。她满怀期待地说起一桩姨妈幼年就订下的婚约，和另一个高干家庭的约定。现在他们在等那家的儿子创业有成，鲜衣怒马回到家乡，姨妈就可以开始另一段完美的人生。

外婆的话成功打击了拖拉机手，就在他提出调离申请，决心再也不见姨妈时，勇敢的姨妈拿着红艳艳的塑料玫瑰花，敲开了他宿舍的门。

年轻的姨妈胜利了。

但中年的姨妈失败了。他们常常争吵，姨父把一沓沓钱甩在姨妈身上，敲打着外婆曾带给他的羞辱。而姨妈每每用他和七个弟妹的琐碎无知当作利箭，又一箭箭射回去。他们互不相让，都不知道自己错在了哪儿。

姨妈离婚了。她把最喜欢的那束红色塑料玫瑰花剪得粉碎，砸在了姨父脸上，恶狠狠的样子，就像把爱情的记忆也连根拔起，扔了出去。

忧伤的 e 小调摇晃着姨妈空荡荡的身体，她终于承认，永不枯萎的塑料玫瑰花早就在他们对彼此的伤害中褪了色，爱情誓言里的永不凋谢也没能经受住漫长生活中一根根带刺秃枝的磋磨。姨妈茫然地望着一地花瓣喃喃自语："真的没有永远的爱情吗？"

我很想告诉姨妈，我依然喜欢百合花，白色的那种，并相信卖花人所说，这纯洁安静的花朵意味着百年好合。我相信所有花朵都有自己的季节，如同巷道旁那排淡紫色的泡桐花，开了又谢。多么普通又常见的泡桐花啊，但晚风还是把它们的花香送出很远，它们的香，比花朵更持久。

二

初春的细雨冗细缠绵，撒着娇投向大地。被风切断的雨丝在高大的白杨和泡桐树叶子上重又黏合，一缕缕流下来，玻璃天窗发出沙沙的水声。姨妈扎起她的卷发，换上一件深绿色细线毛衣。这是她最喜欢的一件毛衣，深绿的轮廓使她看起来像一片成熟的叶子，她深吸了一口气，猛地拉开门……

但冰冷的雨水让她打了个激灵，迎面而来的风使她身形一顿，片刻犹豫和着突然掀起的狂风，把她像一片柔弱的树叶一样，又吹了进来。她重又蜷缩进那张蓝色卡其布沙发里，慌乱地拿起一直在织却一直也没织完的毛衣。潮湿蓬松的卷发披散下来，遮盖着半边脸，和堆在膝上的毛线缠绕在一起。

她是准备出去的，也许在这之前她觉得自己已经想好了。窗外的泡桐树下，年轻的男人站在那儿，手里捏着一朵被雨水打落的泡桐花。细雨像一面帘子，使他的眉眼模糊又生动。他一直站在那儿，泡桐花在细雨里开着，落下来的又似乎融化在细雨里，花香随雨水飘荡。

男人在等姨妈呢。多久了？他连续几个黄昏都来，等在树下。而姨妈在房间里走来走去，扒着窗帘悄悄向外看，把她的长发挽起又放下，放下又挽起。

年轻男人是姨妈的同事，比姨妈小十岁。男人执着的等待令人到中年的姨妈纠结挣扎。第一次婚姻的失败和旁人的闲言碎语加重了她的惶恐，她拒绝了他。

但姨妈日渐消瘦，常常站在窗前毫无意识地就把手里的纸条撕碎了。她几乎忘了睡觉，在窗口一站就到天亮。而每天，年轻的男人都会打来电话，渐渐地，姨妈不接，却也不挂断，任由清脆的电话铃声在空寂的屋子里流淌。有一次我实在不忍心，把电话按到免提，电话接通了，男人却有些木讷，他在电话里支吾了好大一会儿，闷声闷气地说："你不要挂掉，你最爱听的歌我学会了，唱给你听。"

他在电话里一遍遍唱当时最流行的歌《心太软》："你总是心太软，心太软，把所有问题都自己扛，相爱总是简单，相处太难，不是你的就别再勉强……"声音沙哑还有些跑调，姨妈却听着听着，泪流满面。

男人似乎只会唱《心太软》，每次电话一接通，传过来的永远是一首跑调的《心太软》。后来我才知道，男人是地震孤儿，被救时已在碎石下埋了几个小时，声带和气管严重受损，一用力唱歌，嗓子就浸出血来。但他像个啼血杜鹃，对着姨妈一次又一次发出泣血啼鸣。

除了唱歌，他还经常给姨妈做可口的饭菜，悄悄放在家门口。有一次姨妈体检，拿回的结果上写着双侧肾脏衰竭，医生给出肾移植的建议。年轻男人知道后偷偷跑去找医生，非要把自己的肾捐给姨妈。幸好只是虚惊一场，姨妈错拿了和她同名同姓一位女士的化验单。虽然只是一次乌龙事件，却让姨妈感动不已，终于哽咽着说："他这是要把他的命都交给我呀。"没有一朵花，一年后，年轻男人敲开了姨妈家的门。

年轻男人的出现改变了姨妈，她不再出去跳舞，我们房子里的玫瑰也越来越少，但她脸上的笑容就像四季的花朵，越来越灿烂。甚至有一天姨妈对我说,她不恨她的前夫了,没有谁辜负谁,是他们没有找到对的人,共同辜负了爱情。我知道姨妈真的好起来了,她又变成了那簇金黄的火焰。

可当姨妈鼓起勇气向家人坦白想结婚的决定时,却在家中掀起一场飓风。

"绝对不行!"外婆怒吼着,如同一头年老却倔强的狮子,因为对女儿上一次婚姻失败预言的成真而更加理直气壮。她坚决、明确地告诉她的女儿,且不说年华老去后女人还能不能留住年轻男人的心,仅老妻少夫,这是多么有悖伦常,定会成为小城的一条爆炸性新闻,太丢人现眼了。如果她还如之前那样一意孤行,那她操碎了心的老母亲只有死路一条。

姨妈跪下哀求并斩钉截铁地告诉母亲,他们决定辞去工作,去另一座城市谋生,以降低流言蜚语给家庭荣誉带来的伤害。

看着死不回头的女儿,极度愤怒的外婆突然从墙角拿出一瓶农药,毫不犹豫地送到嘴边。所有人都扑过去抢药瓶,责骂像猛烈挥舞的鞭子,把姨妈狠狠甩在人群外。

当人们安顿好绝望的母亲,回头准备劝降这个"不知廉耻"的女儿时,发现她安静地坐在院子里,用水果刀割开了自己的手腕。

我奔了出去。午夜两点的大街杳无人迹,只有我毫无顾忌地狂奔。那一夜，我脚下的水泥路光滑而冰凉，我一直跑到他家，没觉得累。我怕美丽的花朵真的凋零了，再也没有明天。

男人带着姨妈离开了这座小城，他们真的辞去工作，在另一座城市盘了一间花店。

从年轻男人把受伤的姨妈抱出去，外婆就再也没有原谅他们。等到她更老了、瘫痪了，从未得到她认可的两个人衣不解带地陪伴照顾她，她也不愿跟他们说一句话。直到病危，她最后的目光停在年轻男人身上，停在男人怀里一簇康乃馨和百合花上，她拍拍他的手，抬眼冲他笑了笑。是的，她冲他笑了笑，流下最后一行眼泪。

来花店买花的人经常会问："怎样令花开得更长久？"

姨妈告诉他们："把花枝剪成马蹄形缺口，每天换水，最好在水里放点儿白糖。"

其实我也很想告诉爱花的人们，花朵盛开的样子是这样的，就像那一天——初春的细雨冗细缠绵，撒着娇投向大地。姨妈终于再次扎起她的卷发，裹紧身上那件深绿色细线毛衣。这是她最喜欢的一件毛衣，深绿的轮廓使她看起来像一片成熟的叶子，饱满安宁，充满了生命沉淀后的华丽。她猛地拉开门，忘了拿伞，一步跨出去。

我勇敢的姨妈，奔向那个手里拿着一朵泡桐花的年轻男人。

屠夫与刀

你见过被宰杀前的动物吗？

它们大声号叫，不停蹦跳，动作激烈。

那种疯狂显然不同于见到食物时的兴奋和欣喜，它们的叫声和动作中充满着焦灼、哀求以及无望的挣扎。慢慢地，在绳索中耗尽了力气，最后连喘息都觉得疲惫了，这时候，周围安静下来，世界像死了一样沉寂……

面对必死的结局，低级动物和高级动物有着相同的情感表现——濒死前的挣扎。

那只狗被宰杀在我的意料之中。在狗肉店的任何一只铁笼里，装着的都是死亡。但它的表现却令人意外，没有挣扎，顺从而安静地被它临时的主人从铁笼里牵出来。他们准备在花园旁边的草地上宰杀这只狗。

面对一桌丰盛狗肉宴的诱惑，没人会在意它死前是多么漂亮的一只，那黝黑的皮毛闪着丝绒般的光，眼神多情而温柔，像位美丽的公主。现在，它安静地卧在草地上，用舌头一下一下舔着前腿上金黄色的绒毛，这是它浑身唯一一块亮色。它柔和眷恋的动作从容安静，仿佛并不知道死亡即将来临。

屠夫开始准备手里的刀。两把刀，一把长的，有着明媚的弧形光环；一把短的，薄刃弹在空气中啪啪作响。他将两把刀掖在帆布围裙绑带里，寒光藏在身后。接着，他拿起门前一根木棒。

无法谴责他的无情，对一名屠夫来说，毫不迟疑地挥手，一击毙命，然后疾速抽出他们的刀，在狗血凉透之前扒皮分割，直到一只狗变成一摊狗肉才是他该做的事。屠夫不会被任何一只狗的柔软和安静打动，他镇定自若地把拴着狗的绳索缠在一棵玉兰树上，拍拍狗的头，并且，快速举起手里的木棒……

春天来得很迟，玉兰树干上包裹着一层枯黄色的干草绳。我仿佛已经看到这只狗最后留在阳光下的样子：它痛苦地往玉兰树上爬，两只前腿不停地抓挠缠裹着树身的草绳，血顺着它的脑袋流下来。

对杀戮的恐惧令我本能地捂住自己的嘴，眼睛也迅速闭上。但是，尖厉绝望的哀嚎却并没有如想象中的那样传来。我睁开眼,看到怪异的一幕,屠夫正使劲甩动拿木棒的手,木棒却不知去哪儿了。

屠夫一边大声斥狗一边四处寻找木棒,终于在一棵玉兰树的枝杈上找到半截。那只狗,居然躲开了屠夫的木棒。屠夫使出浑身力气,却一棒子打在玉兰树上,手震得酸麻不说,棒子也折成两截。

棒击没有成功,这让从未失过手的屠夫很生气,嗖一下抽出掖在身后的月牙形长刀,再次攒足了劲,照着狗就攮过去。

晌午的阳光将草地上的一切事物笼罩在它的光芒里,赤白的刀光像一道闪电,比刀更快地从那只狗脸上晃过,安静温顺的狗突然动如脱兔,迅疾地又一次完美闪避,刀贴着狗的脖子蹭了过去。

屠夫的刀直接扎进玉兰树的树干里。

如果第一次闪躲是本能的驱使,这一次这只狗终于明白了,面前气势汹汹的人和他手里金光闪闪的东西是来要它命的。

它开始慌乱地围着玉兰树打转,嘴里发出"呜呜"的叫声,竟不像是恐吓,反倒像哀求。

两次杀狗都没得逞,屠夫的情绪简直败坏到极点。这次他换了策略,举起刀,小心翼翼,一步一步朝着狗走去。看样子,是想走到近前,再冷不防给狗一下子。

没想到，狗退了几步，却将两只后腿站起来，两只前腿抱在一起，上下摇晃，似给屠夫作揖，鼻子里也发出"嘤嘤"的声音。这声音，尖细哀婉，凄凉异常，宛如一个妇人在哭泣哀求。

屠夫明显迟疑了一下，可仅仅几秒，停下的脚步又开始往前迈。

狗接着后退，边退边作揖，哀叫声不断。

如此进进退退，一直到拴狗的绳子牵扯着狗脖子，把狗拉得紧紧地，再也退无可退。狗终于绝望了，它龇牙狂跳，拼命挣脱撕咬着套在身上的绳子，可绳子打着死结，紧紧勒着它，短时间它怎么可能挣脱得开。绝境中，只听见一声仰天长嚎，似在绝望中控诉，又似对命运充满了不甘与哀怨，这只狗突然两只前腿一弯，匍匐跪在地上，仰头看着屠夫。

阳光下，屠夫一步步逼近，手里的刀竟不像弯刀，像一座金光闪闪的宝塔，仿佛托塔天王在收服脚下这只匍匐哀鸣的小小生灵。

那一刻，我突然产生一种发自心底的惊悸和悲凉，正要上前阻止屠夫，只见屠夫已停住脚步，不知是举刀的手臂酸麻了还是真的被一只狗不断的哀嚎惊住，他颓丧地垂下胳膊，将手里的刀砍在身旁的玉兰树上，转身离开了草地。

屠夫没有杀成这只狗。这个号称杀狗技术十里八乡独一无二的屠夫，第一次失手了。

因为这件事,我对亲戚的狗肉店突然厌恶起来,很长时间没再登门。何况,我本来就不吃狗肉,这件事后,更是连家里其他人都被我限制食用。转年,听说狗肉店开不下去了,亲戚到处借钱,想把狗肉店变成广西风味菜馆,我只得前去慰问。

狗肉店已经拆得七零八落。后院儿监狱一般关狗的铁笼凌乱地摞在一起,几把刀锈迹斑斑,随意扔在铁笼上,已经没有了以往的刀锋。看来,这些刀不杀狗已经很久了。

提起那个屠夫,亲戚立刻火冒三丈,恨恨地说:"要不是因为他,我这店也黄不了。"

原来,自那次杀狗失败扔了刀之后,再杀狗,屠夫便屡屡失手,也不知是从此心变软了还是胳膊受了伤,总之,刀举不起来了。再有这样的活计,他每每找借口推托。

"一个屠夫,不杀狗还能做什么?我心眼儿好,还留他在店里干杂活儿,他可倒好,跟我杠上了。"

亲戚打开话匣子,给我讲述屠夫做下的一桩桩"不仁不义"之事。

没杀那只狗,屠夫便看不得别人再杀。不让杀,只好养着。也没必要再关进铁笼,那就放养。狗也稀奇,去掉了一切桎梏,它也不逃,仿佛认定了屠夫。一来二去,屠夫身后竟多了个跟班,他走到哪儿,狗跟到哪儿。

一家狗肉店，一个杀狗的屠夫，身后竟跟着一只"宠物狗"？怎么说都是件奇怪的事。店里的厨师就劝他，不如花点儿钱把这狗买了带回家去，让它跟你做个伴儿。

屠夫孤身一人，年轻时因为家里的成分问题没娶上媳妇，人到中年，"花钱"从贵州买了个媳妇回来。说是花钱买，也就是给的彩礼多了些。屠夫有个本家婶子嫁到贵州，惦着这个不成器的侄儿，于是寻了一户家境不好儿女又多的人家，把闺女带过来跟屠夫结了婚，也算给他安了家。

小媳妇虽是远来的人，却温柔贤惠，不仅家里的活儿样样都干，照顾屠夫也周到，屠夫的日子终于有了四季冷暖。可屠夫爱喝酒，喝醉了就抡拳头，媳妇经常被他打得鼻青脸肿。虽然事后也后悔，但屠夫冷倨，决不开口道歉。况且，隔两天就来这么一回，道歉就如同走形式一般。在屠夫看来，就更没必要了。有一次打狠了，屠夫冷静下来实在过意不去，就买了件花衬衫送给媳妇。店里的厨师心热，每次看到屠夫喝酒就劝他，以后得收着点儿脾气，不能总打媳妇。屠夫也应承了。可店里的人都知道，屠夫有心结，一直觉得媳妇是故意不给他生孩子，他怀疑年轻的她始终是三心二意的。

那一天，外面下着雨，屠夫又喝得醉醺醺回来了。媳妇忍不住说了一句，有钱都拿去喝了糟了，连家里的油盐酱醋都不管，以后有钱给我吧我攒着。

一提到钱，刺激了屠夫敏感的神经，他当即怒吼着，我的钱都变成彩礼灌进了你们家口袋，还要钱，哪儿有钱？你就是为了钱跟我过呢吧？！"

越说气性越大。又想到生孩子的事，屠夫的蛮劲就上来了，一把抓住媳妇的头发就往外拖，嘴里大骂着，滚！滚回去！老子不要你了！把老子彩礼钱给我退回来！边骂边疯了一样把媳妇的衣服、被褥全都扔了出去，转身关上了门。

媳妇在雨里苦苦哀求："你让我进屋吧，也许我有个好消息告诉你呢。我能给你做饭干活儿，我不要钱，以后你爱干啥干啥，别不要我。"

酒劲儿正上头，屠夫哪里会为了她的哀求心软，心想，哪有什么狗屁好消息，自从娶了她，钱没了，人口也不见增加，这世间还有什么好消息呢。屠夫倒头便睡。

一宿到天亮。酒醒了，屠夫猛然记起昨夜的事，开门一看，东西还扔在泥水里，媳妇不见了。村里找了找，没找到。想起女人的好，屠夫到底还是有点儿不舍，便想，女人一定是跑回了娘家。跑就跑吧，过阵子找婶子帮忙劝劝，要实在不愿意回来，那就要回点儿彩礼。想到这儿，屠夫也安心不再寻找女人。

可令屠夫没想到的是，没过三天，公安局通知屠夫去认尸。屠夫内心狂跳，半信半疑地去了，看见从布单子底下伸出来的一条胳膊，屠夫就哭起来。一定是她了，只穿了一件单薄的碎花衬衣，还是他给她买的那件。秋天的晚上，咋就让她穿着那么薄的衣服在雨里走了。屠夫狠狠地哭了一场。

屠夫的媳妇上吊死了，还带走了腹中两个月的婴儿。

从那天起，屠夫就把酒戒了。杀狗时，也不再用绳子勒狗脖子，只用棍棒和刀，又准又狠，手起刀落。从此，愈加沉默的屠夫也仿佛变成了一把刀。

屠夫没听厨师的建议，杀了半辈子狗，他不想养只狗在家里。倘若那些狗的魂灵托这只狗来报仇，半夜一口咬了他的喉咙，那不就成狗杀人了嘛。他可不想冒这个险。就这样，屠夫成了店里半个闲人，狗也成了店里一只闲狗。

有一天店里人发现，这只狗竟在后院墙角刨坑，把店里晾晒着的坐垫桌布都叼进坑里，还经常偷店里的东西吃。有人靠近，狗便在坑里扑咬狂吠，大有誓死守卫的意思。没辙了，只好喊屠夫来。

屠夫有段时间没来了，农忙时节，家里还有几亩地待收拾，种好了，能抵一年的吃喝。年纪一年大似一年，狗杀得也不顺手，他便把地又收拾起来，也学别人蒙上了大棚。

屠夫来了，远远咳嗽了一声。

每次咳嗽一声，狗就来了，慢慢地，咳嗽声变成了屠夫和狗之间独特的呼唤方式。

狗没有名字，他也不愿意给它个人的名字。在屠夫心里，如果每只狗都有名字，那他杀狗岂不如同杀人？他只是个屠夫，不是杀人犯。每次想到杀人犯这个词，屠夫就心里一惊，想起去世的媳妇，他不是杀人犯谁是杀人犯？他狠狠地揪了一把头发。

听到屠夫的咳嗽声，只见那狗一下子从坑里蹿出来，急急跑到屠夫脚边，鼻子里一阵嘤咛，歪着头，用自己的身体在屠夫的腿上蹭来蹭去。片刻温存过后，它像想起了什么，开始欢欣雀跃起来，尾巴摇得像一朵花，跳起来咬屠夫的手，咬他的脚，试图要带他去往坑边。

屠夫刚从对狗的淡漠转为接受，还没一下子达到如此热情的程度，显然，他被狗的热情弄蒙了，有些嫌弃地抬起手，呵斥了一声，阻止了狗的拉扯。狗见无法带走屠夫，返身便又跑回坑里，再跑出来时，嘴里竟叼着一只出生没多久的小狗。只见狗在土坑和屠夫之间来回往返，每一次都叼出一只小狗放在屠夫脚边，直到第五只出现，才停止了奔跑。

五只刚出生的小狗摆在屠夫面前，它们的母亲也终于安静下来，它坐在五只小狗旁边，仰头看着屠夫，眼神里流露着说不出的情愫。渴望？期待？欢欣？焦虑？总之，这一幕让众人看傻了眼，这才回忆起，难怪看着它乳房饱满低垂，越来越胖，还总是偷吃店里东西，原来是揣着狗崽儿。狗的毛发太长把这一切都掩盖了。按日子计算，屠夫要杀它时，它就已经揣上了小狗。

没想到那么护崽儿的母狗竟舍得把自己的孩子一只只叼来屠夫面前，就像一个女儿，给她的老父亲展示自己的孩子；又似一位老友，在交出她所有的信任与依赖。屠夫终于听从厨师的话，把这只狗买回了家。

让亲戚烦恼的是，狗不仅带走了他的屠夫，转过来，金盆洗手的屠夫日日来店里捣乱。一开始，他用钱把狗肉店里的狗全部买下，日子一长，可能他也无力支付庞大的开销，竟做出更荒谬的事，趁着夜深人静一次次潜进来开笼放狗。人人都奇怪屠夫为啥对狗突然转变了态度，后来派出所拘留屠夫后审他，才知道，那狗救过屠夫两次。一次屠夫中了煤气想爬出去求救，滚落到屋地就昏死过去。狗不知用什么办法扒开门闩，又去隔壁门前狂吠，引来邻居救了屠夫。还有一次屠夫骑车撞在石头上，人也摔进路边沟，又是跟在身旁的这只狗跳到马路中间疯狂拦车截人，才救了屠夫。两次救命之恩，屠夫感动，给狗取名小芝，他相信这只狗定是死去的媳妇转世托生来的，她不让他死，要让他赎罪，偿还欠她和孩子的情分。

自此，与狗的朝夕相处中，屠刀已然彻底被他遗弃，屠夫完全变成了另外一个人。

从拘留所出来后，屠夫不再来狗肉店捣乱，但在众人眼里，他的赎罪却越来越荒诞。他租了一处堆放废品的大院，专门收容流浪狗。有人收养，他就免费赠送。没人收养，他就为流浪狗养老送终了。

经过屠夫三番五次折腾，狗肉店的生意终也大不如前，吃狗肉的人也越来越少。就像上天也在惩罚亲戚的贪婪,有一次他买来几只死狗,想以次充好,不知怎么竟被食品监管部门知晓,不仅把死狗全拉走烧毁,还罚了一笔钱。特色狗肉店从此一蹶不振,眼瞅着就要关门大吉。

在一只待宰的动物面前扔下手里的刀,这样的屠夫似乎很少。印象中,屠夫们都有异于常人的坚硬,至少他们有超乎现实的冷漠与决绝——面对鲜血和哀鸣,他们能坚定不移地认为,刀下葬送的不过是人类的盛宴,而他们所斩杀的细枝末节,也不过是生活中作为养分的那部分,是生来就要被杀掉、吃掉的部分。

据说经验老到的屠夫有一个相同的秘诀,屠刀举起之前,定要藏在身后,不可露刀光。一出刀,便要准确有力,一下刺中要害,起落间已经完成了对生命的宰割。若露出刀光,惊了待宰之物,它们的惊恐加剧,肉便酸涩,人吃了也爱生病。这样的杀伐,不仅延长刀下之物的痛苦,也增加了屠夫的罪孽。

这样的说法让我想起《小李飞刀》这个武侠小说里的人物,江湖上最厉害的大侠出刀讲究心手合一,想必一个好的屠夫修炼得也是如此境界吧。

曾听家乡人讲过这样的故事,某个喝醉的屠夫忘了忌讳——也许并不是忘记,而是骄傲导致的轻蔑。不可一世的屠夫在他主宰的生死面前太骄傲了，他得意扬扬拿着刀来到待宰的猪面前，白晃晃的刀光晃过猪的眼睛，绑在方案上的猪忽然猛烈挣扎，绷断了捆它的绳子。猪一骨碌从方案上蹿起，直冲着执刀的屠夫冲过去，恶狠狠地在他肥壮的腿肚子上咬了一口。

会咬人的猪着实把众人吓了一跳，人们拿着棍棒和网追赶，将猪包围在院子里。猪惊慌之余，后撤几步，随着一声闷哼，众人看见这只猪迅疾地朝着青石院墙冲去，一头撞死在院墙上。俨然如一位四面楚歌的将军，自知已无生路，未免落入敌手，自己果断了结了自己。

如此悲壮的场景让提着棍棒绳索的人目瞪口呆，到最后也没人愿意提刀宰割这只猪，都道这猪大概是得了疯猪病。村里有经验的老屠夫说，这猪肉里充满了猪的怨气，血是黑色的，肉也黑，怕是吃不得了。老屠夫稳稳当当杀了一辈子猪，家里供着香炉，众人自然信他的话。这只神勇的猪最后被主人拉到村外田野埋了了事。

而被咬伤的屠夫，小腿上愣是被猪咬走了一块肉，留下个核桃大的血洞。可不知怎么搞的，不管怎么治，血洞都治不好，最后溃烂得见着了骨头，不到一年，屠夫带着一条溃烂的腿去世了。

这只与众不同的猪被人们越传越神，后来家乡的屠夫杀猪前，先要燃香净手，口中念念有词"猪儿猪儿你莫怪，你本是人间下酒的菜"。然后一块红布蒙了猪的眼睛，再把它带到宰杀之地。杀只猪，像举办一场生命的祭祀，又像一场对生命的祈福，做足了仪式感。

我并不相信这件事的迷信色彩，但我相信生命的潜力。动物和人一样，面临危险时，都会爆发出无穷的潜力，来证明生命不容小觑。这只猪用令人难以置信的事实告诉了提着刀的人，在弱肉强食的自然规则面前，任何弱小生命，也都是值得敬畏和尊重的。

第一次切到我手指的刀就是一把屠夫用过的刀。

孤单的屠夫住在我家隔壁，他老了，领着供销社的退休金，不用再出去杀猪宰羊。他的刀也成为放在自家案板上最血腥的藏品。

在我眼里，这个头发花白的屠夫浑身上下充满了猪血的腥腻。即便他经常慈眉善目坐在墙根下晒太阳，和其他老人没什么区别。他还经常手里握着糖果和汽水儿送到我面前，笑起来很亲切。我依然无法喜欢他，仿佛他身上有刀一般流动着的阴冷和冰凉。我惧怕他握着糖果的手，就像他的手也是刀，薄，却有着无法阻挡的锋利。

但是有一天，他的一把刀居然成为我家案板上最醒目的光芒。那是一把宽背儿的黑钢菜刀，小巧厚重，釉色的木头手柄磨得发出亮光。母亲经常给他送吃食，他虔诚地把它送给母亲作为回报。

事情就是这么不可思议，越抽身躲避，就越想回身占有。

我偷偷打开厨房的门,端详着戳在案板上的这把菜刀,它闪着寒光的刃在阴暗的厨房光芒依旧,丝毫不会因为放在一块沾满了蔬菜汁的案板上,或被一双柔软的妇人之手握过就更改了锋芒。暗室中的光芒使我愈加相信它的锋利无任何刀可比,于是决定瞒着母亲,用它去给兔子割草。

手指就是这样受伤的。左手食指差点儿被这把刀割断。直到现在,还残留着一道长长的疤痕。我在十一岁那年夏天用自己身体的一部分尝试了刀锋,它锋利得令人绝望。

在疼痛中,我仇恨起屠夫的刀,坚决认为是它嗜血的本性伤害了我。更尴尬的是,它的锋利让我看到自己的愚蠢,妄图希望一把屠刀代替镰刀帮我收获比别人更多的青草。

必须掩饰自己的失败来掩盖可笑的真相,每当有人问起左手食指的伤,我总是回答:"被镰刀割伤的。"

我就是被镰刀割伤的。代表收获的镰刀自然比屠刀更有理由拥有锋利的刃和割伤人的借口。直到身边的亲人都知道了,我的手指是被一把只割麦子和青草的镰刀割伤的,这深深的伤口,不过是它收获过程中不小心缔造的一段插曲。它赐予我的疼痛,也如收获般美丽。

我自然不会再动刀,也更加厌恶赠刀具与人的屠夫,发誓再也不会进到他那个充满了刀锋的院子。直到一位木匠住了进去。

木匠是苏州人,他租下屠夫临街的房屋开了一间厨具店,木质厨具因手工精美的雕花远近闻名。初次见到他时,他正为一扇棕红色实木厨门雕刻富贵牡丹,刻刀薄而坚硬,缠绕着黑色胶丝绳的手柄很长,顶端只有一条窄窄的白刃。

虽然戴着指套儿,但他的食指上还是包裹着白色胶布,显然,那里是伤口。

难道木匠也会被一柄小小的刻刀割伤吗?

"这是经常的事,我的中指就是被刻刀割断的。整天拿着刀哪能不受伤。"

木匠伸出他的左手,在四个手指中间,中指是短小的一截,在宽大手掌上,仿佛一截刚刚萌生的肉芽。但木匠让这肉芽在手掌上跳动,他调皮地摇摆着短小的半截手指,又在上面套了一只彩色指套,这么一装扮,断指倒像个跳舞的小人儿一般,而舞台,就是木匠的手掌。

周围的人被逗得哈哈大笑。

这可是我的战友啊。木匠抚摸着他的刻刀。刚雕完花,木匠给刻刀刷上一层薄薄的黄油。

哪是战友?这是你老婆。旁边的木匠嘻嘻哈哈打趣他。

木匠讪讪地笑,应和着,是哦,睡觉都得搂在枕头边。

木匠神奇的雕花刻刀吸引着我,我从不知道,刀锋下竟然可以吐出的是花朵。能令面目丑陋的枯木开花,刀锋自然不是令人胆寒的刀锋。被人握在手中的刀,居然也可以创造如此美丽的仙境。

无所事事的屠夫也对木匠的刻刀产生了兴趣，他端着一盒刻刀摆弄，长长短短的刻刀整齐地码放在铁盒子里，盒子的底部和顶部都覆着一层油纸。看得出来，这是木匠常用的刀，刀柄都用黑色胶丝绳缠绕着，刻刀的刃有长有短，有的如针尖那么细，有的如纸片那么薄。屠夫伸出结着厚茧的拇指，轻轻去试那些刻刀的刀锋，嘴里发出惊奇的赞叹。这是他也没见过的刀，和他的刀锋利的光芒不同，木匠的刀散发着温润的光泽，窄窄的一条，在阳光下拉出一条银线的影子。屠夫的脸就在一条一条银线影子的分割和编织下模糊起来，仿佛刻刀的影子在雕刻着他。

我居然就在那一刻看到，屠夫变成了一个可怜的老人。

看过木匠的雕花刀之后，老屠夫决心要看遍世间的刀，竟做起了走街串巷磨刀的生意。从此，大街小巷传遍了他浑厚的声音。据说他带着自己的手艺，走过大半个中国，"磨剪子嘞抢菜刀……"，吆喝声像一种唱腔，游走在各种各样的刀锋里。

跟他学杀猪的徒弟依旧跟着他学习磨刀的手艺，直到磨剪子抢菜刀的人越来越少，这样的吆喝声几乎在各个城市绝迹了，徒弟也转行去做其他生意，老屠夫终于回到家乡。于是，这城市的街道上，又出现了那个推着简陋磨石架子的驼背老人,又重现了那声吆喝声"磨剪子嘞抢菜刀……"。

许是看多了世间的刀,许是被岁月的刀一遍遍雕刻过,这位年少时被我厌憎的老屠夫,身上早已没有了刀的气息。一路烟火的归途最终将一把刀打造成了磨刀石。他被岁月和命运打磨过,如今,他磨着岁月。

老屠夫并不知道,我也早已在一首诗中与他达成了和解,与所有的刀锋达成了和解。

> 磨剪子的人在深夜醒着
> 他的木架子
> 发出咯吱咯吱的声音
> 像日渐衰老的人
> 诉说被人取走的回忆
> 喋喋不休。
> 他抱怨它们多嘴
> 他也正在思念一块月牙形的铁
> 沉默的铁曾令他的生活
> 充满黑光或白光
> 锋利的瞬间常常割破他的手指。
> 想到日渐空闲的手艺
> 磨剪子的人锈了
> 他想到大海里磨
> 到礁石上磨

到植物的枝枝杈杈上磨
把失眠的夜晚也磨出锋刃。
年轻工匠的鼾声一波高过一波
在深夜,磨剪子的人
磨着他的浪花。

轻功最好的只有风

一

那年正月十五，爷爷收到千里之外的儿子发来的电报，上面写有八个字：母女平安，请爹赐名。

爷爷拿回电报，走进村子时天已经黑透，深冬萧索，满坡枣树伸着黑黢黢瘦削的枝丫，积雪在坡顶打着滚儿地发光。爷爷一定为取名字费尽思量，不然，他也不会被途中的枣树枝挂破衣服。那是他唯一一件冬衣，左右各缝着两个阔大的黑布插兜，一个兜里装着旱烟口袋，另一个兜里装着他的手戳。不管遇到啥事，他左手一伸，从一个大兜里摸出旱烟袋，吧嗒两口，就会计上心来。但那晚他一定是无计可施了，他被困住了，直到奶奶出来找他，他还在那片枣树林里吧嗒烟袋。那时爷爷在大队里看账本，也就是现在的村会计。作为村里的秀才，爷爷写得一手好字，逢年过节，村里人就在家门口铺排上黑木长桌，铺上红纸，爷爷来了，端坐在中央，把厚棉袄袖子一卷，露出里面已经磨毛了袖口的白麻布衬衣，开始提手研墨，写对联。写联贴联这对冀中平原上那些头缠裹头、脚踩黄土坷的村民可是件大事，日子穷困，都盼对联讨个彩头，人穷人富，也都在门口贴着对联的纸墨上体现。当然，那时我已经有了名字，我在人缝里乱钻，叔叔伯伯们大叫着我的名字，爷爷笑，他脸上有些骄傲的表情。

会写字，爷爷自然成了村里的贵人。于是，从写对联，到写信，再到取名字，凡有人求上门，爷爷左手掏烟袋，吧嗒两口旱烟，挥笔写了，右手一伸，掏出刻着他名字的手戳，啪一下盖上去，递给人家。一写一递，肃穆工整，仿佛一种神圣的交接仪式。

但他想不出我的名字，作为这个家里第一个出生并将继承他姓氏活着的长孙女，他不知该赐给她啥样的名字。他抽完一袋烟又抽一袋烟，奶奶冷得不行了，抓了块积雪上的冰碴儿恶狠狠地掷向他，他才吧嗒着烟袋跟在她身后回家。

寒风凛冽，但挡不住一地清辉映照着积雪，出了枣树林，大地蓦然明亮起来，多日隐藏在黑天里的月亮此时明晃晃挂在天空，是一轮完整的圆月。爷爷突然呵呵笑出了声，小跑着超过奶奶，回到家，捉笔写字"抬头见月"，写完掏出手戳，啪一声，盖上去。两天后，父亲收到电报，四个字：孙名见月。

二

上初中那年，我和母亲的争吵开始升级。我讨厌她动不动就做出痛心疾首的样子。而她对旁人说，她讨厌我越来越理直气壮地顶嘴。她气急了就会打我，用笤帚柄狠狠地抽在我的屁股上。挨打时我是从来不哭的，倔强地昂起头瞪着她。她越打越生气，越生气就越打，我们的对峙中充满了能把一片海燃烧起来的火焰。

其实不认错和顶嘴只是让母亲怒上加怒的原因，真正点燃母亲怒火的，是我总把各种证件弄丢。先把团员证丢了，补了两次，后来学校给每个人办了身份证，同学们都宝贝似的保存在特制的封皮或钱夹里，我却再次丢失。谁知道这个东西补起来很麻烦，先由母亲带我到学校开了证明，再去国营照相馆拍照，照片洗出来后才可以拿着我家的户口本去派出所补领。我记得那是一个盛夏的中午，她穿着一身浅灰色短袖正装，推着老旧的永久牌自行车昂首走在前面，我默默跟在她身后。

20世纪80年代初，县城的建设还很落后，城里唯一一条柏油路被太阳晒得白亮白亮地泛着光，路旁有一家叫"三八门市部"的副食店，从里面飘出一股花椒大料味儿和淡淡的酒香，但我还是从那股复杂的味道里分辨出了老面包的香味儿。最吸引我的是副食店门口放着一个装冰棍儿的箱子，白色的箱子上写着"奶油冰棍儿"几个红色大字，穿白布围裙戴草帽的胖妇女就坐在冰棍儿箱子后面，一到夏天，她就坐在那儿卖冰棍儿。门市部里有人喊她杨排风，那一定不是她的真名，我猜是个外号，因为她的气派真像评书里的杨排风。"卖冰棍儿嘞，奶油冰棍儿。"响亮的叫喊声有着起床号般的神奇魔力，让人立刻就精神抖擞。

连路边杨树上的蝉都热得嘶啦嘶啦叫唤，母亲会不会停下买根冰棍儿？但很快，我就从这种臆想中清醒。她见我走路磨蹭，立刻扭身瞪着我，晒得通红的脸因愤怒而更加红涨，目光中藏着一触即发的箭矢，冲我吼道："走快点儿！"我赶紧跟了上去，但很快，又掉队了。我的磨蹭使气氛愈加沉闷，有一刻，仿佛连蝉鸣都静止了，只有白闪闪的柏油路像被滚烫的太阳烫熟，发出"嗞嗞"的声音。母亲不停用白眼剜我，连带着发出愤怒而粗重的叹息，我知道，一场盛怒即将来临。

我期待母亲质问我为什么总把证件弄丢，如果她问，我便借机恳求，既然要补办证件，不如趁这个机会给我换个名字吧。甚至我还会主动坦白，身份证其实没丢，我把它藏起来就是想换个名字。但她从没问过就理所当然把这归咎为我的粗心大意。

可她不知道，前不久开学点名，不知哪位老师字迹潦草，班主任高喊："段建国，段建国。"无人应答。我愣了半天才明白，老师莫不是在喊我？于是站起来小心翼翼地求证："老师，是不是段建月？"班主任把眼镜拉到鼻梁下，花名册就快送进眼睛里，仔细分辨后自言自语："哦……是月呀？是月。那咋办，把你分到男生宿舍了。"全班同学哄堂大笑。

我叫"建月"，是"建设的建"而不是"看见的见"。

母亲似乎已经忘了那天，但我却记得并始终对此耿耿于怀。

七岁，我该上学了，就读的小学叫育红小学，是城里唯一一所小学。入学报名简单得近乎潦草，学校门口并排摆着几张课桌，几位老师坐在桌子后面负责登记，家长只需领着孩子到那里报上姓名、年龄、家庭住址就行了。一周之后再来，校门两边围墙上贴着几张白纸，清楚地写着每个孩子的姓名和所属班级。

按程序，报完了名，负责登记的老师会例行看一眼户口本，但我不用，母亲有熟人，一到学校就把我托付给做音乐老师的朋友，她急匆匆转身跨上自行车去上班。音乐老师追着她大声问："是喜悦的悦吗？建悦？"母亲头也不回地回答："不是，是月亮的月。"就这么短短一瞬，我的名字就从爷爷电报上的见月，变成了报名表上的建月。

其实就算老师再问，只识得几个简单字的我也并不清楚"见"和"建"之间到底有什么区别。爷爷远在千里之外，取名字的一番缘由和心意父母还不知晓。虽然父亲曾略有疑惑，抱怨了母亲两句，但转念一想，见和建似乎可以通用，放到名字里也无甚区别，而且只为了一个字再跑到学校去更正，真是有点儿小题大做，说不定还会引起老师的不满，就先这样吧。

过了没几天，爷爷寄来旧物，里面夹着一本家谱，这下父亲算是彻底没了心结，"建"本来就是我这一辈家谱里的字，母亲说，也许老人家电报想发过来的就是这个"建"字呢。有了依据，这件事突然变得非常有道理，夫妻俩一合计，干脆把户口本上的名字也变成了"建月"。

爷爷还在千里之外释放着他与天地自然深厚的情缘，每一位孙女降生，便去枣树林一番踟蹰，均为她们觅得了称心如意的名字，"明星、雨晴、然（自然的然）"。等到小弟降生，家族中远离村庄的人已经很少按照家谱取名字了，我家更不用说，作为家中唯一的男孙，弟弟单名一个"续"字。据说给他取名时母亲曾求教一位高僧，终于求得了这个字。单凭名字就能看出他多么受重视，费尽心思起出的名字，明显充满了长辈们的期盼。

见识了父母的偏心，我的不满更是与日俱增。再看那本陈旧的家谱，不过是一本用破损的土黄色牛皮纸包着的宣纸本罢了，厚厚的一沓宣纸被无数双手摩挲起了毛，纸张也又黄又薄，用线绳装订着，大概有些年头了。每一页，有用端正楷体书写的一个红色大字，父亲说叫字根，是有统计以来这个家族最早的人名用字。接下来依次排列，到我爷爷这辈儿，振、书、建、业……又无休止地排列下去。在我看来，这不像写了字的本儿，倒像一片长满大树的土地。字根向上，又呈发射状衍生出无数分支，分支再分支，组成一棵树庞大的树冠，子子孙孙的名字丁零当啷挂在树枝上，便是这棵大树结下的果实。

据说以前按规矩女孩儿不能写进家谱,后来孩子不能多生,规矩也没那么严苛了,有些人家就把女孩儿的名字也写进去,让树冠愈加庞大,家谱俨然变成了一本家族成员登记手册。叔叔家的三个女孩儿都没按照家谱上的字取名字,就连父亲叔伯兄弟家的女孩儿,也取了"乃瑛"这个名儿。只有我,像被家族潦草命名后抛出去完成家谱中任务的某个物件,和诸如建国、建军、建民之类排在一起,去承担家谱中"建"字辈的责任。

这难道不是重男轻女吗?不是封建迷信吗?我愤慨的提问立即得到伙伴的支持,她是亲戚的第九个女儿,叫小多。亲戚一直想要男孩儿,给男孩儿取好的名字也早早写在一张纸上,用红线绳扎着,可就是没机会打开。没人叫,自然不能称为名字,这个郑重神秘充满着期待的符号始终只作为几个字趴在纸上被他们宝贝地藏着。但他们身边,越来越多生动活泼的女儿却被忽略着,野草一样生长。老大老二时还能叫小凤、小芸。从第五个开始,领儿、带儿、盼儿、小余、小多……孩子的名字里赤裸裸袒露着父母的欲望。直到身体状况和计划生育政策终于止息了他们不生出儿子不罢休的念头。

作为多余的多,我的伙伴深深体会到被轻视和忽略的孤独,但她不敢反抗,怕父母不要她了。经过再三劝说,终于同意我可以私下喊她的新名字——鹏飞,这是我给她改的名字,她很喜欢。而我的名字我还没有想好,那将是一个与众不同的名字，有意义，有美，有命运的暗示。

三

那时期我有两个好朋友，叶子和桑巴。

叶子就叫叶子。她姓叶，父母都是农民。生她时恰逢万物茂盛的季节，她家房前屋后桑榆绿成了海，一片片绿叶哗啦啦地唱着歌，她娘说就叫叶子吧，名字贱了好养活。我们也不知道叶子讲的是真是假，但这个名字朴素简单却又有着那么一点点说不出来的蓬勃味道。而且叶子就如她的名字，长得漂亮，唱起歌来像树林里的鸟儿，清脆极了。她的理想是成为一名歌唱家。课外时间，她拉着我和桑巴跑到操场，爬上主席台给自己报幕：下面，由著名歌唱家叶子为大家演唱《边疆的泉水清又纯》，然后就唱起来。

我也学着她的样子站上主席台：下面，请著名歌唱家建月为大家演唱……说到一半我就开始沮丧，建月这个名字，怎么听都不像歌唱家的名字。

而桑巴呢，她的父母在城里开小店，卖时装，还偷偷卖那个年代少见的录音机和磁带。她的父母常去广州和北京，见识非凡，还会跳迪斯科。重要的是，桑巴真的又帅又酷，会跳迪斯科，又会弹吉他，连班里的男生都崇拜她。

除了桑巴，班里还有两个姓桑的，一个叫桑翠霞，长得黑黑壮壮，父母在食品公司卖猪肉，她也中途辍学，在乡间开了包子铺，做起了老板娘兼服务员。另一个叫桑学敏，高高瘦瘦，腼腆严肃，鼻梁上架着一副黑框眼镜。她的父母都在村小学教书，她也如名字那样敏而好学，成了我们班唯一考上省属中专的人。这结果，处处印证着名字与人生的奇妙因缘，令我愈加相信，名字不应该只是生命的符号，简单地区分着一个人和另一个人，这太冰冷机械了。名字既然和生命有关，就应该如生命一样鲜活，有个性，有故事，有感情和温度，有源头和未来。只有这样的名字，才拥有长久的生命力。仿佛一个人不是从降生了才出现，而是穿过漫长的时光隧道而来，是可以独自在人间走上一程的。

李白、杜甫、白居易，太白、子美、乐天，还有青莲居士、少陵野老、醉吟先生，我们耳熟能详的几位古代知识分子，谁不是字、号，样样俱全？难道不是为了寻求名字中一份不同寻常的意义？《礼记》上说"幼名，冠字"，讲得明白，名是一个人小时候取的，只能在幼年时叫，或者比自己地位高的人叫。而成年行冠礼之后，就有了字了，有了同辈人的称呼。尤其古人名字里的字还有另一种意义，是彰显德行或祈祝愿望的象征，是人名上意义的再延伸。比如韩愈，字退之，退之和愈恰好实现了更强与谦逊之间的平衡，如此这般，数不胜数。

这有什么呢？不过是想改个名字而已。

而母亲，从来不知我的叛逆竟源于对名字超乎寻常的在意。忙碌的成年人自然不会费心去了解一个青春期少女逐渐建立的审美，女孩儿渴望成长，并把名字作为生命独立站在世人面前的另一张面孔。

认识叶子和桑巴后我有了许多新名字,她们迷恋给我改名字,就像沉迷在一种文字组建的魔方游戏里。她们抱着字典,将自认为美好的字写在一张纸上再排列组合。这种排列组合一定要超出日常用法,陌生新奇却又无限延伸着想象的空间,一叫出来就让人惊叹。只有这样的名字才能达到她们的要求。

除了我们仨,我确信没人知道我们的秘密。每个课间,我们迫不及待地碰面,缩在教室后面的角落或跑到那棵古老的核桃树下,像三个准备建造房屋的建筑工人,字就是我们手里的砖瓦,"房屋"在不断调整中拆了盖,盖了拆。文字的陌生组合带给了我们奇妙的感受,似乎每一次搭配,都在搭建字与字之间新的架构。而脱离了固定词组的字,犹如一个叛逆者,体现出与以往不同的风格。新名字在我们手下不断产生,每一个名字,都如同一个新人站在我们面前。

隐藏在一堆名字中的神秘和为新事物命名的快乐刺激着我们,她俩怂恿我用西贝、卓尔、格格等这些奇怪的名字轮流给校报投稿。名字相继见报,我们更加兴奋,当一个虚拟的名字变成铅字印出来,仿佛虚拟突然变成了真实,就像真有一个唤作这个名字的人来到了人群中间,她是一个真人。

果然,校报上接二连三出现的奇怪名字引发了同学们的猜测,我们得意自己的创造——在人群中投入了一个潜伏者、一颗种子,现在它发芽、开花,带给熟悉的生活一场又一场陌生的惊喜。

经常在校报上发表文章的同学几乎都成了校园明星,包括初三年级一个长相一般的胖女孩儿王雪莹。她的文章经常被老师拿来当作范文在课堂上朗读,我还亲眼看见漂亮高傲的语文老师搂着她厚实的肩膀说:"雪莹?晶莹的白雪。名字真好听呀。"

说实话,我、叶子和桑巴,我们都不觉得她的名字有多好听,雪莹和建月这个名字一样普通平凡,土得掉渣。

但她却得到了老师的喜欢。

校报上也有很多我的文章,却没有人知道那个人是我。似乎没有建月这个名字,我倒成了虚拟的存在。不知为什么,我竟有些动摇,突然嫉妒起这种真实的存在。

除了皮肤白,王雪莹几乎没有什么引人注目的地方。衣服总是不太干净,短发也毛毛草草,站在操场上像被人随手堆的一个脏脏的雪人儿。因此我们仨暗地里给她起了个外号儿——"王雪人儿"。可偏偏就是一个这样的人,却仿佛时刻光芒万丈——她的文章和名字长期霸占校报头版和作文课课堂;她特别爱笑,看到她的同学和老师也都变得爱笑了;她很认真,课堂上传阅的她的每一份投稿,开头和结尾都用蓝色圆珠笔工工整整写上了自己的名字。这么普通的名字,也值得这样一笔一画吗?我在心里嘲笑着她。

王雪莹并不知道她被一个陌生人当作对手看待。很长一段时间，叶子和桑巴疯了一样想帮我起一个美妙无比的名字，仅凭名字就可以盖过王雪莹的风头。但我们还没有找到。

就在这时，发生了一件事。

有一天晚自习下课，班里一个和我关系不错的男生喊住我。他支吾着，羞涩地告诉了我他的秘密。他喜欢王雪莹，眼看她就要毕业，就想送给她一件难忘的礼物，请我帮忙拿个主意。

他的信任令我左右为难。

早恋是被校规明令禁止的，给他出主意，说不定我会受到牵连。况且，若被老师或同学发现，他和王雪莹定会成为校园里最大的笑话。

成为校园最大的笑话？想到这，我心中突然涌出一股恶作剧的窃喜。好吧，我对男生说，我帮你出主意。

我帮男生买了印着《红楼梦》剧照的笔记本，告诉他，在笔记本每页都抄上一首古今中外情意绵绵的诗，抄完就送给王雪莹，她一定会喜欢的。我还特意嘱咐男生：一定要在本子里写上王雪莹的名字，但不要写自己的名字，不要问为什么，这样会更加神秘。

我不能告诉男生其实我心中暗暗盼着笔记本会被老师发现，从此，她在老师心目中的地位就会一落千丈。我还需要取什么美妙无比的名字去和她一决高下呢？我不禁得意自己的奇思妙想。

但几天后，剧情却完全发生了变化。男生为了尽快把礼物送出，熄灯后在被窝里打着手电连夜抄写，被查宿老师逮个正着。更悲剧的是，他不仅在笔记本扉页写了一段心灵独白，还在独白前后分别签上了王雪莹和他自己的名字。可怜的王雪莹还不知道发生了什么就已经成了狗血的情诗事件的女主角。

事情似乎真的变成了我想的那样，王雪莹成了一个孤单的人，以前喜欢她的同学都远远地避开她，校报上也很少再看到她的文字了。她不再昂着头走路见人就笑眯眯地打招呼，却像个低头弓背的影子贴着墙走。美丽高傲的语文老师见到她还想去搂她，她却头一低，慌张地走开了。

真没想到我想要的竟是这样的情景。看着她的样子，我不仅没有想象中欢喜，还被愧疚日日抓挠着心。不是这样的，王雪莹不应该是这样，我只是讨厌她普通也普通得明目张胆、光芒四射，却从未想过把她变成另一个人。

事情看似和我无关，但只有我知道，我才是始作俑者。我释放过心底的邪恶，打开了潘多拉盒子。真想去跟王雪莹说一声对不起，向她忏悔我内心的不堪，请求她的原谅。但我，没有勇气站在她面前。

四

叶子和桑巴不明白我为什么整日垂头丧气，还以为问题出在名字上，于是更加勤奋地帮我取名字。数学课上，桑巴正抱着字典选字，冷不防被抓了现行，数学老师没收了压在字典下一张写满名字的纸。老师问她："你是在用这些字做方程式吗？"桑巴没吭声，悄悄瞥了我一眼。我惭愧地低下了头。

　　数学老师姓郝，是学校教导主任，一个精瘦的老头儿。他讲课时喜欢向上翻眼皮，貌似盯着教室的房梁，像电影里的账房先生在算计什么。因为这个习惯，一开始，数学课上开小差的同学很多。但几节课下来发现，即便他两眼望着房梁，被喊到名字的同学总是那些瞌睡的或偷偷看小说的。同学们终于明白为什么他的外号叫"二郎神"，原来真的暗藏着神通的第三只眼。

　　这次他没再批评桑巴，却在晚自习时把我单独叫到办公室。

　　"这都是你的新名字吧？这次又想叫个啥？"他抖落着手里那张写满了名字的纸看着我，脸上挂着揶揄的笑。

　　听他这样说，我立刻红了脸，满心忐忑也变成了尴尬和难堪，吃惊地抬眼看着他。这个精瘦的老头儿似乎看穿了我（说不定他早就看穿了我），接着说："你们背地里不是叫我二郎神吗，还能有我不知道的事儿？我还知道，什么西贝、格格，奇奇怪怪的名字都是你。你作文写得那么好，这是准备隐藏才华呢，还是觉得自己的名字低人一等不准备以真面目示人呢？你呀，都快找不到自己啦。"

　　郝老师的语调越来越严肃，我的头也低得越来越深。

　　我真的找不到自己了吗？在这场看似欢乐却如闹剧一般不

断更新名字的游戏中,我的反叛和坚持到底为了什么?

王雪莹带着遗憾毕业了,男生也在流言蜚语中转去别的学校读书。我突然觉得不管取一个什么样的名字都没有意义,我并没有找到自己想要的,或者,我并不知道自己想要什么。

"我给你讲一个故事吧。"郝老师说。

"有一年冬天,鹅毛大雪把世界都下白了,就在通往这所中学的路上,一个孕妇出了车祸,生命垂危。眼看孕妇与胎儿都要失去生命,弥留之际,医院的大夫拉着孕妇的手大喊:'睁开眼睛,不要睡,你的孩子还在肚子里,你得让她活下来。'垂危的孕妇流下眼泪,真的睁开了眼睛,直到死,也没有闭上眼睛。这个孩子保住了,她父亲为她取名王雪莹,雪,是大雪的雪,莹,是她母亲的名字。"

郝老师沉默了一会儿。

"这个孕妇,王雪莹的妈妈,曾是我们这所学校的老师,她教毕业班,怕耽误学生的课便急着赶来上班,路上出了事。她是个好老师啊。"

"她的办公桌就曾经放在那儿。"郝老师指了指我对面一块堆满报纸的空地。

夜色辽阔,那个春风浩荡的夜晚,校园里的灯光代替了繁茂的星空,讲述这一切的人,笼罩在往事的悲伤里。而他的学生,早已因羞愧和悔恨泪流满面。

"降生在人世的人才配拥有一个名字,这是命运的恩赐。

不管多么普通庸常的名字，也是一个独特而唯一的生命的代表。因此，每一个名字都值得尊重。但是，一个人叫什么并不重要，重要的是你能给这个名字带来什么，是荣耀还是羞耻。"

这是郝老师在那张写满名字的纸上写下的一段话，连同那张纸一起交给了我。也是在那个夜晚，我知道了母亲并没有忽略我，她找到郝老师，跟他说起我青春期的叛逆，担心因一时的选择错误而成为终生的遗憾。

对王雪莹的愧疚终于在三十年后一场同学聚会中得以平息。同学们谈起最具传奇色彩的一个人。没错，就是那个男生，转学后发奋学习考上了军校，如今已做到团职干部，娶的就是当年的女才子王雪莹，两人"女才郎貌"，甚是幸福。

我不禁百感交集。他真的娶了她。如果是少年时那起不堪回首的事件最终牵起一段姻缘，那该是命运给予我的多么大的救赎和恩赐啊。

许多随着长大越来越清晰的道理，终于有一天带我走出了迷茫。让我懂得，无论在历史传说中还是当下生活里，有的名字万古流芳，就像拥有了超越时间的生命。也有的名字遗臭万年，早已死去。但更多的是建月、小多、王雪莹、桑翠霞等这些平凡普通的名字，像江河里的浪花，一闪即逝，回归江河。

幸好在成长的年纪，曾怀有过那样的时刻，独自拥有，秘不可宣，那是每个人关于成长的记忆，带着悔恨、恐惧、惊慌、迷茫。

我曾无数次忆起那个盛夏的午后,终于到了街道尽头的国营照相馆,年轻的照相师傅热情地打开门,我突然没有勇气迈进去,扭头就往回跑。愤怒的母亲把自行车往旁边一摔,拔腿就追了上来,一边追一边在身后大喊着我的名字。那一刻,响亮的名字追赶着我,成了我无法摆脱的影子。

如今,时光像倒带一样跟着我的脚步往回退,退过长长的街道,退过蝉的嘶鸣和卖冰棍儿的叫卖声,退过三八门市部的人间咸香,我直奔那栋敞开着大门的红砖瓦房。我的父亲,赐给我生命的另一个人站在那儿,像一座雄伟的塔一样把我藏在了身后。

而我,也早已与"建月"这个名字融为一体。多年后,当我怀着感恩的心写下这首诗,仿佛又看到了枣树林里的爷爷,月光满怀,心中装满美好期待。

赐我名字的人

我和雪之间有隐秘的关联,在冬季
一场雪后
千里之外的祖父在雪地踱步
明亮的月光下,为我取了一个
明亮的名字。
而祖母提着影子,站在屋后树林
她烧香拜神,祈求新降生的人

从此能够飞翔。
现在他们不知去了哪儿
记得他们曾说起
天上也有提灯的人不停穿行
也有街市和树林，野兔在月光下奔跑
就像马
在雪地上奔跑
它们留下蹄印，它们都驮着
虚无的重量。
我相信这是真的
每一片树林里都藏着孤独的鸟
月光像一片片忧伤的羽毛。
我有月光的名字，但我并不是轻的
我努力飞着，但岁月也拔着
我的羽毛。
啊，赐我名字的人
如今轻功最好的只有风
它来去也不告知
只隔了一个白天，雪地上的月光
就薄了一层。

拆

有一年四月梨花正旺时,我决定拆掉客厅的旧家具。

雪白的梨花在我家隔壁放肆地开,美丽而无知,偶有一两枝从墙头上伸过来,带着荡漾起来的春天。有一次午睡后醒来,看到墙头仿佛堆满白色的雪。灿烂的阳光在上面敲锣打鼓,夜晚的月光也在上面鸣唱。但沙发占据着整面南窗,我只能爬上宽大的沙发靠背,以一种奇怪的姿势贪婪地欣赏着梨花的风姿。于是下定决心,拆掉占据北墙的旧家具,把南窗下的沙发挪到北墙,让梨花成为完整暴露在窗口的一幅图画。

"这样的窗前再挂上一款薄纱落地窗帘,如果恰好有微风吹来,风吹动着薄薄的纱帘,半隐半现着梨花的影子,甜美的香气充满整间屋子……"我眉飞色舞地向爱人描述在这个春天重新设计的房屋格局。

家具是旧式电视柜和五斗抽屉柜一体的设计,与客厅最北面的墙牢牢固定在一起,墙,充当了家具的背板。这是20世纪90年代末房子刚装修时装修师傅的建议，一为省材料，二是家具与墙没有缝隙，卫生也好打扫。再者，那年头儿，这样的装修样式属于流行又超前的。

这应该是件很容易的事吧。其他地方哪儿也不用动，拆掉旧家具，把沙发移到北墙，既可以遮挡拆掉家具后墙上留下的斑驳印痕，又可以把整面南窗露出来，挂上我喜欢的窗帘，看到我喜欢的梨花，住上我想象中的房子。而拆下来的旧家具，再买一块背板堵在后面，家具不就又成了一套成型的家具？什么都不会损坏，看看，多么完美又简单。

除了梨花招摇滋生出来对新感觉的渴望，我还觉得这套老式家具也真应该拆了。使用了这么多年，家具上摆放过花盆、照片、电视机、咖啡盘、针线盒、电话、啤酒瓶、女儿的木偶玩具和男人的螺丝刀。每一个家具上的到访者，几乎都在上面留下了不深不浅的痕迹，包括一个小不点儿男孩儿，被他妈妈抱着来做客时，站在上面撒过一泡尿，给家具留下一圈淡黄色的尿渍。而且家具表面已不再光滑，有很多细小的裂纹，摸上去很是粗糙，像干多了农活儿的妇人的手。如今它的样式也落伍了，笨拙、土气，现在谁家的客厅里还摆放这样的家具呢。

不仅为了看梨花的理想，还找到N个拆掉它们的现实理由，看来拆掉它已然势在必行。我激情洋溢地找到工匠，手一挥，像个拥有生杀大权的王，毫不犹豫地说："拆掉它们。"

但很快，我就知道错了。家具拆到一半时木匠告诉我，家具不可能被完整拆除，它牢牢固定在墙上，必须把木头从中间一截截断开才能拆下来。如此一来，拆下的旧家具只能变成一块块碎木板。

活儿已经干到一半，恢复原状已不可能。我咬咬牙，不就是毁了一套旧家具吗？接着拆。

显然，我低估了毁灭的后果。家具拆完了，家具后面隐藏了十几年的墙壁露出来，远比我想象的还要斑驳肮脏，除了墙皮剥落，到处是一团一团黑乎乎的印记，还有密密麻麻钉子留下的孔洞。更令人崩溃的是，由于计算偏差，沙发挪到北墙，高度竟无法完全盖住墙面的旧痕。

我终于体会到懊悔的滋味——当发现错误，已不能停止。

几分钟前还作为家具存在的木板，如今横七竖八狼藉一地，已经变成毫无用处的废材。被人踩过，咯嘣咯嘣的声音尤其刺耳，像木头被踩着脊梁骨时发出的最后的哭泣和反抗。如果木头也有感觉，会说话，恐怕早就逃离了我的生活，它们一定能感知到，当我做出拆掉家具的决定时，就意味着它们已经被放弃了。

拿电锯的木匠最后一个走掉，他一脚踢翻挡住路的碎木板。不知道为什么，我居然产生了一丝怨气，大声斥责他："你怎么那么踢木板？把板子都踢坏了！"木匠不解地看着我，漫不经心地回答："这些烂木头还有什么用？做柴火都不好使。"说完，他一脚把一根木条直接踩成了两截。

我憋着气看他漠然离开，禁不住在满目狼藉的屋子里大声咒骂这个几小时前还为我用尽力气拆毁家具的手艺人。

简直不能原谅一个木匠对木头的冷酷，砸碎了成型的家具，还要踩着它们的碎屑走出去。难道当初，不是他们亲手把木头变成了家具吗？不是同一双手给了木头生命吗？人，怎么可以既是营造者又是毁灭者？

其实我心里也在大声骂着自己。都怪我。我和木匠一样，既是营造者又是毁灭者。

爱人在碎木板中挑拣着，依然渴望能把它们拼接起来。裸露的钉子和棱角划破了他的手，划破了我的手，仿佛这些木板一定要倔强地提醒曾经的主人，是我低估了它们的坚硬。更像是一种示威，作为红榉木，它们的材质还没有糟糕到要让使用者抛弃它们。或者它们想证明的根本就是伤害，是曾经被完整拥有过的事物以破碎之后的棱角给抛弃者留下的伤害。

的确，就算碎得不成样子，也必须承认它们曾是上好的红榉木，即便蒙了灰尘，刷着清漆的地方，依然泛出优质红榉特有的黄红色。十几年前，我们还租住在城西两间窄小的平房里。房子低矮阴暗，院子里一棵粗壮的樱桃树遮挡着射进窗户的阳光，夏天大雨时，雨水从胡同灌进屋子里。有一年夏天，一条长长的黑色蚰蜒钻进蚊帐，爬上女儿细嫩的手臂，惊慌中我和爱人决定，就算欠债也要买房子，用漂亮耐用的红榉木装修。

不久后，我们买了房子。为了省下点儿装修的钱，几乎跑遍方圆百里所有的装修市场，比价、选材，脚板都磨出了泡。饿了，就蹲在街头埋汰的小摊前，吃一碗最便宜的素面。

但我们兴致勃勃，决定自己设计家具的样式。白天要上班，只能利用夜晚，孩子睡熟了，我和爱人趴在炕上，在微弱的灯光下画图纸，再用蜡笔涂上不同的颜色，属于我们的新生活的颜色。

这些记忆分明还如此清晰，我怎么就把旧物拆毁了呢？

爱人的不舍加剧了我的愧疚，从某种意义上说，是我亲手拆毁了曾用心缔造的事物，直到它们再也不能完整地回到我的生活。至此才明白，一些被我忽略，认为不再需要、可以舍弃的存在其实一直在生活里占据着多么重要的位置。为什么等到失去了才明白，我想看到的美景不拆掉旧家具也完全可以用另一种方式得到，比如，在窗外放一张躺椅。

墙头的梨花依旧白得无辜，浩大春风吹拂着垃圾堆旁的碎木板，做出决定的我，正茫然地，比旁人更惋惜地看着生活中的一部分变成粉末，又被大风吹散了。

三个孩子在巷口追逐着吹肥皂泡，瞬间盛开，瞬间破灭，这也是小时候的我最喜欢的游戏。用一只空瓶装满肥皂水，再从苇席中抽出一节空苇秆，蘸了肥皂水轻轻地吹，一朵朵大大小小的肥皂泡就从苇秆的另一端飞向天空。我时常在身上沾满了肥皂泡到处走，带着七彩光的泡泡让我变成了仙女，而它们，是我最华丽的魔法。

肥皂泡带来的美好体验助长了三个孩子服从于幻想的陋习，也包括我——明知道只是肥皂泡，却依然被吸引，追逐、沉醉，忘记了肥皂泡爆炸后留给快乐的微小伤口。这与我的日常经验多么相似，既营造着，又毁灭着。

而这一场，我拆除的不只是一套旧家具，还拆除了生活中已然形成的秩序。家具拆了，原本满满当当放在这套家具里的东西放在哪儿？电视、电线、茶杯，原本由家具承载的井然有序的一切又该落脚何处？在现实面前，美丽的幻想已荡然无存。接下来，必须解决由此带来的诸多后果。首先，墙壁要重新粉刷。

大约有十天，我穿着一身落满了涂料斑点的深蓝色工作服穿梭于友谊路和北大街之间，在卖五金工具和装修材料的商店进进出出，购买刷涂料必备的用品。拆了一套旧家具，换来的结果就是要重新粉刷所有的屋子。事实再一次证明，重建非常艰辛，不仅要付出更多的金钱和时间，还需要更长久的耐心和热爱。并不是所有交换都能用天平衡量，你索取的结果，有时需要付出成倍的代价。

还好，我在懊悔中坦然接受了废墟，随着不断投入、修补、建设，房子里终于又重新建立起秩序。旧家具的痕迹已经消失，新的营造正打开一方新的天地。生命永不止息，对美好的追求终还是赐予了我拆毁后重建的力量。

这件耗费精力的事过去不久，我居住的县城传来危房改造的消息，仿佛是内心投影掀起的镜面效应，小拆与大拆高度契合了。街道两旁到处可见白油漆写的醒目的大大的"拆"字。街面上残落着烟尘和灰土，挖掘机紧张沉闷的轰鸣声同时开启了生活的第二乐章——这座老城也要拆除一些旧的建筑，迎来一番新的景象了。

张寡妇的房子上也写了"拆"字。那是我喜欢的一处院子，每年春天，槐花撑破朱木栅栏，荒草绿得滴翠，斑驳的青砖房子在路尽头孤岛般伫立，抗拒着周遭车水马龙，浪花一样弥漫和覆盖。让人觉得，某些事物的存在，仅仅是为了承受天生的孤独。

那处院子里有两棵硕大的老槐，小时候，我们常常穿过几条街巷，从残破的墙头爬到槐树上摘槐花吃。两棵槐树像两个乳汁饱满的母亲，繁茂的枝丫到了五月，都挂满沉甸甸细碎的白色花朵，又香又甜。枝条和花朵攀过远处瓦灰色的房檐，新鲜而热闹。尤其一场雨后，细小的白色花湿答答纠缠着路面，充满了迷醉的气息。和张寡妇一样的气息。

张寡妇是小镇的传奇人物。就像突然开满树的槐花，突然有一天，人们发现小镇的大街小巷走着一个美丽女人，穿着素色碎花围裙，腰里披着绿杆长烟袋，肩上挑的担子里，一头放着泡菜坛子，另一头筐里坐着她的儿子，唤作小五。

传统落后的小镇上，突然出现了一个夹着烟袋说一口脆生生东北话的风骚女人，对借着买泡菜来搭讪的男人们不羞也不恼，开着可荤可素的玩笑。这样一个人，立刻引起小镇女人们的警觉和排斥。几日议论后得出结论，一定是干过那种事的人。

　　那时我还小，并不知道那种事代表什么，竟跑去问她，你是干过那种事吗？她笑着反问我，哪种事？我说，反正是不好的事。她笑得更灿烂了，随手抓起一块腌萝卜塞进我嘴里。真好吃，甜甜脆脆的，像她的笑声一样。

　　母亲并不愿我和她多接触，但又无法阻止这种情谊。不管我在挨打挨罚，还是磕了碰了，只要哭声一起，张寡妇就匆匆跑来，抱起我就走。边走边用袖子抹去我的鼻涕眼泪，到了她家，端一碗酸酸甜甜的泡菜摆在我面前。有时张寡妇还抱起我，让我坐在她腿上，唱歌谣给我听。而且，张寡妇还救过我的命，有一次我淘气钻到马肚子底下，周围人都吓得目瞪口呆。马是大车店里出了名的烈马，谁也不敢轻易到它跟前，正赶上张寡妇卖泡菜回来，她扔下泡菜坛子一个就地滚就滚到马肚子底下，抱住我迅速滚了出来。等那马反应过来刨蹄尥蹶，她已经抱着我跑出去好远了。

　　这件事也彻底改变了母亲的看法，她叹着气，不再阻止我和张寡妇亲近。母亲说，张寡妇的女儿很小就夭折了，她这是把对女儿的爱都给了我。

　　而我总是觉得，张寡妇像一只孤军奋战的蚂蚁，自己营造着自己的日子。她把一粒粒米拖回自己的巢，把一粒粒糖拖回自己的巢。几年后，我们搬走了，张寡妇却把这几间简易房买下来，成了这儿的户主，成了小镇的一员。

但张寡妇知道，她从来只是小镇女人们嘴里的一个笑话。她多次拒绝了一个男人的纠缠，却换来更加离谱的流言。谣言风一样漫过小镇，张寡妇悲从中来，好吧，既然如此，我就偏不如你们所愿。她敞开了自家的门，明目张胆地和那个男人吃住在一起，俨然过起了夫妻一样的日子。

男人家在乡下，工作在小城，他说跟乡下的妻子是遵母命结合，没有感情，定会离婚娶她。她相信了他的话，也接受了等待。没什么比男人给她一个家更能回击嘲笑她的人们。君子报仇，十年不晚，她要向他们证明，她不是个笑话，她也能活得像个人。

于是，她真心爱着，耐心等着，像任何一个贤惠的妻子那样，帮他操持生计，挣的钱给他补贴家用，等他转正、提干，给他能给的一切。她的爱热烈而坚决。

可是五年过去了，男人为了母亲的反对和多病的孩子不能娶她；十年过去了，男人为了工作转正、职务升迁不能娶她；十五年过去了，张寡妇头上已经长出白发，男人送来第三次承诺，等退了休，就什么都不用怕了，就娶她。一晃二十年过去了，男人终于退休。没想到，张寡妇等来的却是他妻儿迁来小城的消息。那一晚，他们争吵得厉害，她向他讨要二十年的青春和爱,他向她提出分手。末了,她恨恨地说:"不娶我就毁了你全家。"

几天后的一个深夜,几个蒙面人砸了男人的家,打折他一条腿和他妻子的胳膊。男人愤怒地报警,一口咬定张寡妇是幕后主使。张寡妇还在睡梦中,办案警察上门,将一副手铐戴在了她的手上。

知道是他的指认,一直矢口否认的张寡妇痛哭失声,哀痛的号哭过后,承认了自己雇凶打人的事。

但承认了有什么用呢?她供述的细节根本对不上,也没有其他证据,警察只好又把她放了回来。

那个细雨纷纷的春天,槐树花宛如碎掉的白瓷,义无反顾扑下来,在泥水里翻滚。小镇上的人看到,他们口中香艳、无耻又恶毒的女人张寡妇,像一片被雨水濡湿的纸片,背负着最恶毒的骂名,飘了回来。

第二天,人们发现张寡妇吊死在自家房梁上,留下的遗书是一张从方格作业本上撕下的纸,上面只有九个大大的铅笔字:我是自杀,与别人无关。

更令人悲伤的是,她死后不久,案子破了。雇凶打人者是个刚从监狱释放的劳改犯,为了报复抓他的警察。那个退休的老警察,住在男人家隔壁。

如今,张寡妇已离世多年,再也无缘经历这个春天的不眠之夜。更不用承受如我这样的人在不停地拆毁与建设过程中所经历的矛盾与挣扎。但我，很想和她说说话。在这个春天的夜晚，我，一个刚与废墟握手言和的人，听到周遭的轰鸣声正在讲述，看到更多的人投入拆除和建设中。再过几个小时，她的旧房就要被拆除，连同我们身边很多旧事物，都会在新的建设中消失。

"人性如何承受，有一个画好的天堂在其尽头，没有一个画好的天堂在其尽头。"作家盛可以的这句话，我喜欢。

旧 物 记

一

黢黑的屋子里，两个黄红色的大板柜紧靠北墙，面对南窗，反射出整个屋子里最大的光亮。细小的木格窗棂和糊窗纸永远把月亮挡在外面，但一点儿蒙蒙亮的月光还是来到了板柜中间，像被粗砂纸磨出了毛边，只是一团团模糊的斑痕。大板柜黄红的颜色也像被镜子晃着，我滚到炕左边，斑痕就跑去右边。我滚到炕右边，斑痕又跳到左边。外公和外婆，是两个更黑的影子，各自靠着炕两边的被垛，一口一口抽着旱烟，他们中间，隔着一缕淡淡的月光。

每天夜晚的这个时辰，他们偷偷沉浸于各自孤独的快乐，窗台上放着一只匣子（方言。也叫收音机），单田芳正起劲儿讲着，一个叫杨四郎的将军，趁月黑风高偷了令牌，要穿营掠寨去探望他的老母亲佘太君。讲到关键地方，"啪"一声，惊堂木一响，且听下回分解。我正瞅着板柜上那一坨蒙蒙亮的斑痕出神，这一声，着实吓了我一跳，板柜上的月光也仿佛跟着颤了一颤。

两个大板柜是外婆的宝贝陪嫁，在娘家时，她母亲就用香油擦柜。等柜跟着外婆出嫁，日子虽过得不如从前，她却依然保留着这个习惯，不肯委屈了陪她长大的板柜，又或许是想留住些对以前日子的回忆吧。于是隔一段时间，就拿出块干净的白棉布，上面滴上香油，去擦两只柜子，把板柜擦得油亮油亮。外婆用舌头舔舔自己的手指头，那里沾了香油，平常不舍得吃，她边擦边对着板柜念叨："你呀，替我吃吧。"刚吃过香油的板柜在有月亮的夜里光溜溜的，蒙蒙亮的月光在上面打着滑。

有一年家里请了木匠来修门窗，他一进屋却盯上两个板柜，用手来回摸着光滑锃亮的柜面，敲敲柜板，发出噔噔清亮的声音。这可是上好的黄波椤木。木匠说，看看这手感，这花纹，可有年头了。我赶紧凑过去看，果然，柜板的黄红色中蜿蜒缠绕着一圈圈黑红色花纹，经年累月摩挲擦拭，吃着香油，板柜周身像罩了一层包浆，花纹也融进木头里，宛如木头若隐若现的血管。

木头不也得跟着人一年一年长岁数？外婆岔开了话，她不喜欢木匠在板柜上夸张地摸来摸去。

外婆的板柜有半人多高，两米长，占了屋子整面北墙。两个大小相等的长方形柜仓，柜门在上面，窄的半块板子和柜仓左右及后板固定在一起，宽的半块是活的，能取下来，便是柜门。板柜上无雕花的架格，下无托几，简单普通，却如地角之方，四平八展，端庄稳重，沉甸甸压着屋脚。

板柜是那个时代农村家家都有的一件家具，但说不出为什么，我总觉得外婆的板柜与别人家的不同，或者说，有一种并不普通的气质。除了受到木匠夸赞的板材，趴在板柜上，还能闻到一股淡淡的香味儿。不是樟脑丸的味儿，是软软的，外婆篦子上桂花油的味道。外婆早就不用桂花油，柜里更没塞过香料，是大柜自己散发出的香。

外婆说以前这板柜上头也有架格，有人把这叫作柜罩。两个柜仓上各摆一个，架格上方有垂下的盖，两侧有帘，都是木头制作，镂空的，雕着莲花纹和如意元宝纹，精美异常。可惜日本鬼子清乡，都给抢走了。

外婆的话更增加了板柜的神秘感，在逼仄的屋子里，板柜突然变成一个贵族，高傲地，终日沉默地等待着什么。又像一件没人读懂的古董，藏着隐秘的过去。

两个板柜柜门上下都镶着锁扣，锁扣雕得像放大几十倍的花瓣，又像葫芦叶子，铜的，却不再有黄澄澄的颜色，已经变成比酱油颜色略浅的黑红。两个大柜，不上锁的那个外婆常用常开，装着日常穿用的衣物被褥。另一个上了锁，也是铜锁，小巧精美，花纹和形状像极了幼儿脖子上挂的银锁。平常，总看见外婆随手掀开常用的大柜，啪，扔进去一件上衣，嗖，拽出来一条棉裤，咕咚，又扔进去一套被褥。仿佛大柜是个聚宝盆，无底洞，取之不竭，又能盛装下无限繁荣。

童年的伙伴们爱玩捉迷藏的游戏，各家大柜便是最好的藏身之所。他们从笸箩的隐蔽处或旧鞋壳篓里（方言。指鞋里边的空间）翻出父母藏起的钥匙，开柜藏人，游戏结束，再把钥匙悄悄放回原处。只有我家的板柜藏着永远的秘密。一把细长的铜钥匙用线绳拴着，系在外婆斜襟大褂的扣眼儿上，钥匙则揣在外婆怀里。铜钥匙整日被她揣着，被她的体温、汗水浸润磋磨，竟没生出一点儿铜锈，亮光闪闪，像一把金钥匙。

打不开的大柜便有了幻想的源头。况且，伙伴们都贴着板柜闻过它的暗香，摸过它隐隐流动的花纹，一帮孩子很快就信了我编的瞎话，大柜里有一块宝石，夜里会发光，还有一条白蛇睡在里面，有一次还化成了人，是个白胡子老头儿。

这么神秘的大柜，是应该藏点儿什么与众不同的东西的。不仅他们信了，连我自己都信了，缠磨着外婆不止一次打开大柜，探头看却见里面只有几个布包袱摞在一起，空余地方塞着被褥，和没锁的那个装的东西都一样。唯一的区别就是外婆的神态，她总是叹口气，疲惫地眨巴两下眼睛，再用手指头篦篦头发，一点儿一点儿往炕沿边儿蹭。像个蜗牛那样慢。好像在随时等着我改主意。

好不容易下了炕，掏出钥匙，她匆匆掀起柜门，一边说看吧，看吧。可还没等我把手伸进去，她就迅速关上，又把大柜锁了起来。这简直令人生疑，我更加相信自己的臆想，一定有更神秘的东西让外婆紧紧锁着。或许我杜撰的故事根本就是真的。我一定要把它找出来。

机会终于来了,花生到了收获的季节。素日里,外婆三寸金莲,不下地,但这样的时刻也必须出现在田间,她挎个篮子,手里拿着小耙。外公找人将锄下的花生秧捆扎背出,她便跟在他身后,从沙土里翻找落下的花生。也许是怕繁忙的劳作中钥匙丢失,她把拴着钥匙的那件毛蓝色斜襟夹袄脱下来塞进常用的柜子,换上一件打着补丁的深褐色对襟袄,把绑腿缠了又缠,扭着小脚坐上外公的驴车,走了。

我欣喜若狂,手脚麻利地搬来凳子,翻出外婆那件拴着钥匙的夹袄,顾不得把钥匙摘下来,就赶紧打开了大柜上的锁。

梦寐以求的时刻终于到来,犹如一个月光宝盒,在少年面前徐徐开启。她兴奋而紧张,小心翼翼却又急切地踏上一条探险之途。

包裹很沉,使出浑身的力气也拽不出来,干脆跳进去,先扔出轻便些的被褥、毯子、炕单。随着旧物不断抛出,大柜越来越宽敞,剩下的包袱可以肩扛、头顶、用手拽、用脚蹬,轻的一卷便扔出去,重的干脆解开包袱皮,一件一件扔出去。总之,无所不用其极,总算把大柜倒腾空了。伸手摸摸柜底,再看看四周,除了光秃秃的木板,还是木板,只有木板。

怎么可能只有木板呢?目光落在那些还没拆开的包袱上。

三个包袱依次拆开,一个裹着雪白的棉花,另一个裹着一张狗皮,最后一个,裹着一个笸箩,笸箩里盛着三双婴儿的虎头鞋和一只鞋帮上了一半的男式布鞋。鞋都是一双,哪能只有一只?我翻遍所有包裹,也没找到另一只。看这鞋的年头儿,应该不短,鞋边儿和鞋里儿都泛黄了。我猜,也许是外婆做到中途没布,就放弃了吧。鞋子里塞着个手绢包,打开,包着的是一只翠绿烟袋嘴儿和一枚金戒指。所有的东西都摊在炕上,没有我臆想中的宝石和白蛇,除了小小的金戒指,甚至连块头大一点儿的发光的东西都没有。

失望地把戒指戴在手上,有点儿沉,晃晃手,小小的戒指就在我无名指上晃荡。外婆为什么不戴呢?还有烟袋嘴儿,看起来比她现在这个木头的好看多了。难道大柜总锁着忘了?我把两件东西装进衣兜,准备外婆回来就交给她,并告诉她,这是我帮她找到的两样能让她更美的东西。

天快黑了,我坐在凌乱的满炕旧物中发愁,无法恢复原样再把它们送回去。

当别人家的屋顶冒出炊烟,村庄飘起米粥的香味时,外公和外婆回来了。外婆一进屋就愣在门口,屋子如遭洗劫,我正头顶笸箩,脖子上挂着两只鞋忙活。外婆抓起撂在柜上的鸡毛掸子,还没容我开口,鸡毛掸子已向我扑来。

我惹外婆伤心了。当月光又一次将影子投在板柜上,她还坐在院子里擦眼泪,外公也劝不好她。秋风摇荡着夜空里的星星,一闪一闪,像外婆的泪珠,而四周蛐蛐们的鸣唱起伏,更像从遥远戏台上传过来的哀歌。这样的日子持续了很久,直到花生收完、晒干、果实撑满一个个布袋。终于有一天,外婆把我叫到板柜前,掏出系在扣眼儿上的铜钥匙打开板柜,说,你也到了该懂事的年纪,有些事还是讲给你听吧。

二

面色黝黑的青年长工站在郭家私塾墙外,焦急地等着私塾放学。瘦高的私塾先生手腕套烟袋腋下夹书本,有刀子一样的眼神,看人一眼,能瞬间把人扎个窟窿。这个没落的官宦子弟无心功名,仗着手里尚有祖宗的田产,怎么高兴怎么来,竟顺应自己的心意开了间私塾,还自己做起了先生。

私塾所在地原本是一座庙,供着土地爷。年长日久,土地庙倒塌,郭家这位老爷和几个乡绅富贾一商量,大伙儿摊钱,把土地庙重新修整,空出来的后院,便由他盖了私塾。

长工也是郭家的长工。他父亲原是村里一个弹棉花的小户,怎料在他五岁那年,和村里另一个女人一起走了,从此便杳无音信。十二岁,母亲也去世,孤苦无依的他就做了郭家的长工。待长到十七岁,他突然收到一封营口的来信,信没头没尾,只留了个地址,让他去给父亲收尸。郭老爷同情他的遭遇,给他出盘缠路费。千里迢迢,长工背回了父亲的骨灰。也因此,郭老爷看中长工的志气,便不再让他去干田地里的粗活儿，只做些看家护院、洒扫采买的杂事，偶尔，还会教他认几个字。长工因此常常出入郭家，并与郭家的女儿们熟识起来。

不过这次，他可不是来找郭老爷认字，他来这儿等郭家的大女儿，景山。

景山，便是我的外婆。

外婆不上私塾。但穿过私塾后堂，有一道月亮门，月亮门后，沿一条隐秘小路绕行，便到达郭家后院。平常，郭老爷嫌绕脚，不走这条路，月亮门便锁起来了。现在，长工拿到了月亮门的钥匙，只等私塾放学，郭老爷走大路回家，外婆便抄小路来到月亮门外，长工要带外婆私奔。

郭老爷治家严格，女儿们皆被要求大门不出二门不迈，坐有坐相站有站相，各有各的规矩。长工和外婆相爱，自知娶嫁无望，便生出了这个主意。

事情进行得很顺利，外婆如约到来。但外婆个子高挑，体态丰腴，扭着三寸金莲走不快，长工把她扶上一辆独轮车，推起来就跑。走大路怕被寻来的人追上，两人便沿着海沿子走，打算去天津卫码头。

也不知走了多久，夜色褪去，白昼到来，风里渐渐有了海水的咸腥。眼看着路上树木庄稼全都不见，村庄人影更是没有，围绕着他们的除了一望无际泛着白渍的盐碱地，什么都没有。地尽头，一道浅蓝与天相接，那大海离得还远着呢。

外婆坐在独轮车上哭起来，其实一出村她就想哭，她想家，也想母亲。外婆就对长工说："我们回去吧，我跟你走了这么多天，回去也没别人娶我了，你好好求求我父亲，把我明媒正娶了才是长久之计。"

外婆说得对。他们回来了，长工虽受了一顿严厉责罚，但郭老爷的确考虑女儿名节受损，又看俩人如此坚决，无奈，只得把外婆嫁给了长工。

长工爱外婆，也感激郭老爷把女儿嫁给他，从此，对这一家人更是尽心尽力，对他们的要求无有不应。可转眼改朝换代，战争四起，郭老爷不再是以前的郭老爷，长工也当上了村长。他每天早出晚归，经常找借口把外婆支回娘家。有一次外婆中途回来，看到窗户被堵得严严实实，隔窗听到一群人正在宣誓。外婆就明白了长工在做什么。

那天，她看到长工脚上的布鞋沾满了泥，鞋底薄得像层纸，便想，这是走了多少路啊，那脚受得了？就琢磨着要给长工做双新鞋，鞋底儿纳梅花针，耐磨。想好了，打开板柜拿出鞋样子，又扯了自己一件旧袄比着铰了，开始熬糨糊，打夹子。

梅花底是外婆自己琢磨出来的技巧。一般的鞋，纳底儿的线绳穿到鞋底，打个蒜疙瘩了事。梅花底不同，要围着一个蒜疙瘩来回穿纳五次，才组成一朵梅花。蒜疙瘩打得更是讲究，中间的花芯小，五个花瓣大，这样出来的梅花才均匀好看。梅花底密集集中，使鞋底更耐磨，鞋子穿着也更舒适。

外婆坐在正午的阳光下纳鞋底，心里就回忆起两人私会时的样子，他站在院子回廊处，探头探脑朝她张望；他假装送花草，花草里藏着一支簪；他半路拦下她向她讨教学问，却用树枝在沙土中写下景山二字。外婆边纳鞋底边让掩藏不住的笑爬上脸颊眉梢。

鞋底刚纳一半，有人送信，长工作为"亲共分子"被日本鬼子抓了。救人要紧，哪儿还有心思管做鞋的事？外婆收住泪，扔了家，小脚磨出一层层血泡，终于打听到长工的消息。除了大板柜，外婆将所有陪嫁卖的卖、当的当，凑足两根金条、十枚金戒指，将长工赎了回来。

但长工受了重伤。日本鬼子的枪托砸在他脊梁上，砸得他吐了血。这伤，给他留下一生的隐疾，也给外婆留下一生的悔恨。郭老爷风烛残年时，来女儿家养老，依然拿长工当奴才使唤。长工感激他的恩德，自然低下头做人。那天大雨倾盆，郭老爷想吃糜子面的馍馍，让长工到二十里外镇上去买，长工二话没说冒雨去了。往来四十里，长工在大雨中奔波，回来便旧疾复发，一病不起。

临死前，外婆给他洗脚穿鞋，忽然想起，那双梅花底针脚的鞋至今也没做好。这些年，不知给长工做了多少双鞋，就是那双梅花底的，拿起来又放下，始终完不成。最初是因为梅花底不好纳，费针费眼，长工看着心疼不让她做了。后来，家里一件接一件杂七杂八的事，外婆便没心情细细纳这揉满浓情蜜意的梅花底，就放下了。这一放就放了几年。

她拿出那双鞋给他看,说:"这次你要走了,新鞋也穿不上,你就先带着做好的一只走吧,剩下的一只留给我,等我下去找你时穿上,我们就以此相认。"

三

原来,大柜里真的藏着秘密,不是白蛇的传说与神话,是一个女人的命运与人生。盛装着这些的笸箩,柳编的笸箩,朴实简单,却像一只能舀干海水的瓢,一个怀抱,装得下一片海的平静与波澜。

笸箩里装着外婆母亲留下的金戒指、父亲用过的烟袋嘴儿,虎头鞋属于她的孩子们。

初次怀孕曾带给外婆莫大的欢喜,她去土地庙祈福,回来,就缝了一双虎头鞋。做虎头鞋是当地的风俗,寓意孩子辟邪驱魔,壮壮实实地长大。不久,孩子出生了,是个男婴,长工高兴得手舞足蹈,外婆也喜极而泣。初次做母亲,她已在心中无数次准备怎样迎接一个新生命的到来。却没想到,厄运从天而降,孩子只活了三天就因破伤风夭折。

仿佛瞬间,一列长长的火车折叠,将悲喜两站合二为一,车上的乘客同时到达了人生两端。外婆瘫在炕上,半年都没能起身。

第二次怀孕,外婆做着虎头鞋,心中百般滋味,欣喜、不安同时涌来。

孩子终于出生，又是个男孩儿，不过幸好过了满月，外婆悬着的心终于落回身体。可刚过了满月，一场疟疾传来，孩子又没了命。

外婆患了心疼病，常常无缘无故心脏就急怦怦地跳，绞着疼，仿佛有一个人从她身体里朝外狂奔，越来越快，越来越快，就要撞破她的胸口。

再次得到怀孕的消息时，外婆整夜恐惧难眠，这次她不光做好了虎头鞋，还和长工商议，提前给孩子取个名字吧，男孩儿叫宝柱，女孩儿就叫宝珠，都是"保住"的意思。外婆天天烧香、祈祷，不管神仙要什么，只从她身上拿便是，保佑她的孩子长命百岁。

孩子如期出生，还是个男孩儿，一晃过了三天，满月，一年，两年，外婆眼都不敢眨一下，生怕孩子又如一阵风般被吹走。

但神仙还是没有保佑外婆，孩子长到五岁，突然有一天抱着头满炕翻滚，等送到城里的医院，已经晚了，大脑炎要了他的命。

他们就是三双虎头鞋的主人。其实外婆生过五个孩子，却只做了三双虎头鞋。余下的孩子她没做虎头鞋。有什么用呢？神仙没能保佑她，命运也没偏袒她，她不知该向谁祈祷。她的孩子，只活下来一个，就是我的母亲。

而她养的老狗也跟随着她的命运，生下的狗崽相继死去。有一只小崽，都臭了，老狗也不舍得放弃。它走到哪儿就把小崽儿叨到哪儿,用舌头舔它,用鼻子拱它。到了夜晚,老狗独自舔着自己的奶水哀嚎。外婆抱着老狗哭泣,老狗把她的泪舔干。

长工死了之后外婆带着幼小的女儿无法生活,她肩不能扛手不能提,地里农活儿更干不动,成了村里的困难户。被逼无奈,外婆打算改嫁。经人介绍,村里一位同是死了老婆的男人来到外婆身边。男人年轻时是村里有名的秧歌角儿,擅跳丑,一个跟头能翻上一人高的桌子。就是因为跳秧歌太卖力,主家赏饭又吃得咸了,又累又咸,引发了哮喘,本地人叫"齁巴",也不能干重活儿了。两个困难户结合在一起,互相扶持着能活下去就好。

外婆告诉齁巴,跟他结合纯粹是为了活命,两人搭伙做个伴儿就行,不能算是真夫妻。如果齁巴同意,两人就过。不同意就算了。齁巴同意了。于是,重新结合的两人一个炕东头,一个炕西头,中间放着炕桌,就这么过了四十年。

但我心里只有一个外公,就是齁巴。唐山大地震的时候,我也只有三岁,外公和我相依为命,背着我挨家挨户讨米吃,他把我从小看到大。

笸箩里做了一半的一只鞋最终只做了一半,外婆后来便不再做,她说做好了也没用,她又嫁了人,长工不会原谅她了。穿着这只鞋去找他,怕他笑话。

外婆老了之后总爱念叨，背父向夫终身有靠，背夫向父终身无依。她后悔纵容了父亲的脾气，导致丈夫过早离开人世，她的生活也因此滑向另一种命运。但那个时代的女人们，心中只有忍受与服从的种子，谁能知道反抗的含义呢。

接下来的日子，她唯一的女儿，我的母亲，树苗般蓬勃生长，转眼到了上学的年龄。外婆无力供养，为了女儿的前途，她忍痛把女儿送给自己的妹妹。从此，我母亲有了养母，有了两个妈。

但母亲已经长大，离开家乡只为求学，又怎会服从外婆的安排忘了自己是谁？她在日渐成长中生出前所未有的叛逆，回击着外婆的懦弱，用微小的力量反抗着这个世界的另一副面孔。

外婆去世后，装着她一生的板柜交到母亲手里，连同空了的笸箩。

母亲把板柜重新罩了一层红色的大漆，崭新崭新的。她还照着外婆生前描述的样子，给板柜做了柜格，端端正正摆在厢房准备放杂物。笸箩也被重新拿出来，成了盛放针线的针线盒。

板柜里的东西已随着外婆的离去清空，又将被母亲的旧物填满。

所遇陌生人

某天跟朋友们小酌聊天时，我的一首诗竟然转移了话题，令大家聊到如何看待陌生人上，大家顿时七嘴八舌起来。有人感慨前不久刚被陌生人骗了，有人表示但凡陌生的都是自动从生活中省略了的，还有人，比如我，却是真真切切承受过陌生人的善意，以致心中信任多于警惕。一时间各说各的道理，小小的屋子，竟世间百态纷呈，一时好不热闹。

诗还在草稿阶段，不过是我在某个瞬间的奇妙感受。那是个落雪的夜晚，我看到孤单的行人路过一家火锅店，他停下脚步，我也随他望去。透过窗看，里面像是在举办一场生日聚会，桌上的饭菜蒸腾着热气，欢声笑语越过凝着水汽的窗户一阵阵传出来。窗外大雪纷飞，行人驻足不前。也许是被窗户里的热闹吸引，暂时忘记了孤单吧，总之，他停下来，站在窗外，注视着里面的欢聚。但只站了那么小小的一会儿，就又迈步离开了。这不长时间的伫立，行人身上却落下厚厚的一层雪，几片本该落在火锅店窗口的雪花也落在他身上，被他带走了。我想，也许他带走的还有火锅店窗口的热气、人影和欢乐的喧嚣。他把一段时光留在窗外，也带走了那扇窗户里人们的时光。忽想起，日本茶道里有个叫作"一期一会"的词，讲的大概就是这样一生只有一次的相会。人生短短，有那么一个瞬间，他曾和他们共同分享。这奇妙的牵扯与交集，留给我梦幻般的心灵感受：

> 因此，他和他们拥有了
> 短暂的相聚
> 和永远的别离
> 但他们都没意识到
> 陌生的他们
> 发生过
> 这么隆重的事情

是啊，谁没遇到过陌生人呢？

这奇妙的世界里，所遇之人除了熟人就是陌生人。这些被称作陌生人的，在某种因缘际会下，或与你擦肩而过，或千里迢迢乘车乘船乘飞机，乘着一切可以利用的交通工具，与你同时抵达了同一个地方。也许你们一辈子都不会知道彼此的存在，却拥有着同一个时刻。两个毫不相干的人，竟像被某种力量牵引着，展开了一段段恩怨纠缠，乃至后来成了亲人、朋友、仇敌，或是再变回陌生人。多么奇妙的缘分。

又或者有那样的时刻，你从陌生人身上看到了自己，也从自己身上看到一个陌生人的影子，难道你和陌生人之间，是彼此的一面镜子？宿命般的安排，无法预知，更无从准备，就那样发生了。

我跟朋友们讲起陌生人留在我生命中的故事，有两个至今令我难忘。

第一件事发生在20世纪90年代末，当时我在电视台做新闻记者，经常要忙到深夜才能回家。从单位到家不算太远，沿着城南平房区的小路步行，穿过一条狭长的胡同就到了。一个小雨淅沥的夜晚，我和往常一样十点多下班，打着伞走在这条胡同里。

连续几天的雨折磨着胡同的道路，令原本坑坑洼洼的街道更加泥泞不堪。胡同里没有路灯，以往夜晚里，路两侧的平房总是灯火闪耀，偶尔传出一两声犬吠或孩子的啼哭。声响代表着人烟，令人心中踏实，即便夜深了，也仿佛走在一条明亮的道路上。

可那个夜晚大概是停电了，路上漆黑安静，仿佛人们都已经进入睡眠。偶尔有一家的窗口透出如豆的烛光，却摇晃着树的影子，使小巷变得更加诡异。在这样的氛围中独行实在令我胆战，不禁加快脚步，也顾不得深一脚浅一脚地踩在积水中。

路走了将近一半，身后突然传来"突突突"摩托车的声响，一束灯光蓦然照亮了前面的路。我有些兴奋，天知道我现在多么渴望光亮，不禁心中盼着，眼看就到胡同口了，多亮一会儿，再多亮一会儿吧。

但随即我心中便涌上一股失落，摩托车总快过人腿，恐怕几秒钟就会从我身边呼啸而过。想到这儿，我往旁边让了让路。等了一会儿，摩托车却并没有开过去，它在我身后缓慢地前行，我快它也快，我走慢些它也慢些，总是不紧不慢地跟着我。我的手心里不禁冒出了冷汗，心里的恐惧也一下子加重。不会遇到了坏人吧？这样的案件并不新鲜啊。前几天报纸上还刊登过，也是一个僻静之地，花季女孩儿被陌生人拉上面包车，奸杀后藏在麦秸垛里。在这样漆黑的夜晚，这个寂寥无人的小胡同里，要对付一个手无寸铁的女人是一件多么容易的事。越想越可怕，脚下忍不住小跑起来。

这时，身后远远传来一个清脆响亮的声音："你别害怕，我就是想给你照个路。"

年轻干净的声音让人不由自主就停下了急奔的脚步。我赶紧转过身回应着："谢谢你，谢谢。"

摩托车一直在身后跟着我走到胡同口，就在我跨出胡同，准备再次回身向他道谢时，身后响起了喇叭声，那辆摩托车从我身旁呼啸而过，拐去了另一个方向。这个与我雨夜相逢，并带给我一路光明的陌生人，只留给我一个背影便消失在雨幕里。

温暖之余，心中涌出惭愧。如果我是那个骑摩托车的人，可能很快就从一个陌生人身边疾驰而过了，自诩善良的我从未想到过为陌生人做点儿什么。当然，也从未料到，一个陌生人会为我照路，成为我黑夜的光亮。从那时起我想，也许有一天，我也可以做一个这样的陌生人——陪着一个陌生人前行，照亮他黑暗中的路。

另一位陌生人是一位老人。

遇到那位陌生的老人是在一个初冬的傍晚，我和母亲去看外婆，路过车站时，看到有茶叶蛋卖，我们决定买几个。

车站有些脏乱，卖茶叶蛋的人见到有客人光顾，纷纷冲上前，几个中年妇女间挤着一个老妇，大声嚷嚷着，如同各种腔调混杂的合唱。老妇看上去七十多岁的样子，上身穿一件破旧的深蓝色棉衣，系一条褐色头巾。显然，她年龄太大，挤不过那些人，只好瑟缩在人群后面，踮着脚，用尽沙哑的声音喊着："买我的吧，家里的鸡下的，新鲜的茶叶蛋……"

她的声音和眼神突然让我想起卖火柴的小女孩。虽然年纪相差很大，但同样一个寒冷的冬夜，脸上挂着同样的绝望和忧伤。母亲一下就看穿了我的心思，或者，她也为老人的愁苦担忧，躲开围在前面的人，来到老妇面前。

看到我们走过来，老妇人脸上挂着笑，边挑茶叶蛋边感激地对我们说："你们可是我的第一份生意呀，今天总算开张啦，出来晚了，冬天人又少，我抢不过她们，生意一直也不好……"面对我们同情的目光，她自言自语地解释着。

她的话顿时令我有了安慰，看来，我们的选择没错，买几个茶叶蛋，也算帮了这个老人一把。

正想着,母亲快速拉起我就走。

"咦?她还没找钱……"我刚开口,母亲朝我递了个眼色,拉着我走掉了。

"她应该找我们两块钱的。"

"没看见她把装钱的布袋儿掖回去了吗?估计是忘了。你看大冷的天,老人家也不容易,两块钱而已,我们不要了。"路上,母亲对我说。

可我老觉得心里不舒服,怎么就认定她是忘了呢?我可不喜欢倚老卖老占小便宜的人。母亲却认为,两块钱对我们来说不算什么,但对那个刚开张的老人来说,或许算得上一个小小的安慰吧。她说钱能买到的东西有限,买不来的才是最贵重的。我听了她的话。

时间过得真快,转眼一个月过去了。每次路过车站,我都会习惯性地用目光搜寻那位老人,看她还在不在那儿。有几次已经很晚了,我看见了她,寒风里瑟瑟地站在路边东张西望。

天越来越冷,黑夜到来的也一天比一天早,老人依然穿着那件破旧的蓝棉袄,围着那条头巾,站在街边最显眼的地方。哼。我在心中暗想,难怪她的茶叶蛋卖不出去,爱占小便宜的人自然没人同情。回到家,我把这事和母亲说了,母亲只说了句"活着都不容易呀",便没再说什么。转天,她却让我再去买她的茶叶蛋,多买一些。

那天傍晚冷得出奇,聚在车站卖茶叶蛋的小贩也寥寥无儿，没有了喧嚣的声响，孤零零的车站仿佛脱掉了臃肿的外衣，只剩下在寒风里缩小的身体。果然，昏黄的路灯下还站着那位老妇人，她抄着手，在寒风里瑟缩着，依旧站在路边东张西望。

"还有茶叶蛋吗？我买几个。"我不情愿地走上前。

她定睛看了看我，突然笑出声来，两只手也从手套里抽出来不停地拍着巴掌。

"终于找到你了，终于找到你了。"她兴奋的样子让我有些不知所措。

"我在这儿等你们娘儿俩半个多月了，还记得吗？有一次你们买完我的茶叶蛋就走了，我忘了找钱给你们，等我想起来，你们就走远了，我在后面喊了也没追上。就是你们，就是你们，我还认得……"

她只顾兴奋地说着，拉着我的手，那神情，像找到了遗失的宝贝。

看老人说得热闹，一旁有个出租车司机从车里下来，走到我面前，说："老太太都在这儿等你们半个月啦，为了这两块钱，见人就打听，总希望你们回来找她拿钱。我们都劝她，就两块钱而已，没人会再回来要的，你花掉就行了。老太太执意不听，一定要等到你们还给你们。这下好了，省得大冷天她老人家等着了。"

出租车司机的话就像一个堤坝，拦住了我内心泛滥的优越感。默默接过老妇人手里的两块钱，认真地说了句："大妈，谢谢您。"

回家的路上,我怀着温暖深深惭愧,去买茶叶蛋之前心里那种施与的优越感已经荡然无存,相比那位老妇人寒风中的等待和坚持,我之前的想法和类同施舍的行为多么可笑。也许生活给了每个人不同的命运,但无论贫穷和富贵,尊严却永远不能用钱来衡量。

捧着热腾腾的茶叶蛋,我一直在问自己,世事流水般冲刷,难道我已习惯了警惕和虚伪的层层包裹了吗?"您好,谢谢,对不起,没关系,能帮您吗",这些美好的语言原本就是超越礼貌的生命之间的交谈啊。

当我无数次想起所遇的陌生人,想起他们曾以天使的面目出现在我的生命里,便会感谢命运的恩赐。

善良有时是一瞬灯光,有时是漫长等待,最令人感动的是它们都来自所遇的陌生人,这简直像个美丽的城市童话,却又真实发生。我想我将永远为之感到温暖,并随时准备再次拥抱它们。

桃之夭夭

一

一片野桃林就这样毁了。

办公楼后面的荒地要开工建设,推土机、挖掘机一辆辆开进去,那一刻,半开的桃花还在枝头美美地招摇,这一刻,粉红色的花瓣就像四散奔逃的精灵,轰的一声,散开在半空中,又纷纷拥挤着,落在苍黄干硬的土地上。偶尔有几瓣被一阵急风吹起,飘远了,也慌张地在半天地间翻腾挣扎,像几个被风刮去异地的孤儿。

这场惨烈凄美的花殇,持续了三天,大地上铺满了残枝,当桃树轰然倒地,溅起的花瓣就像大地迸溅出的血滴。女人就在这时出现了。

和往常一样,女人黄昏时到来。落日挂在一条流水的尽头,春天的云彩在天空燃烧。但这次,面对着一片颓倒的野桃林，她像一只找不到花朵的蜜蜂。

然而还是被她找到了。搬开几根残断的枝丫，又小心翼翼摘去纠缠着树枝的爬藤和枯草，一棵被连根掘起的完整的小桃树被她抱起来。也许小桃树年龄并不小，只是个子小一点儿而已。这和她的个头儿刚好匹配，被她扛在肩上时，矮短稀疏的枝条不至于耷拉到地面。更令人欣喜的是，这棵小桃树上还有等待绽放的花苞，粉红色花苞占据着半面树冠。

落日终于把一条流水染红，这个肩头长满花苞的女人已走到桥中央。

风越来越急，桥下的大河春潮高涨。女人走得更急，像是要小跑起来，有几次，树枝兜着风，她的背影简直要被风掀翻，左右摇摆着，她只好把肩上的桃树卸下来，抱在怀里。但这样阻力更大，前行也更艰难。女人似乎更着急了，她把那棵桃树一会儿扛着，一会儿抱着，一会儿又侧身用身体挡着迎面而来刮得不知好歹的春风。但一切的辛苦终究还是白费，枝上的桃花越来越少，更多的花苞被风一把把揪下，扔在她背后、她面前，又很快被卷到桥下，不知被流水带去了哪里。等她走到桥的那一头，树枝上再没有一朵待开着的野桃花。这个瘦瘦的女人，干脆带着垂头丧气的干树枝跑远了。

从此，那一片空旷的天地间，一朵野桃花也没有了。

再过一会儿，养蜂人领着他的蜜蜂就要到来。我心中的悲凉汹涌而至。

从发现这片野桃林开始，连续三年，每当野桃花开成一大片红云时，养蜂人就带着他的蜜蜂来了。他先在桃林外扎好帐篷，再把十几只蜂箱一字排开，通常他会在紧挨着帐篷的两棵树之间，绑一张吊床，躺在上面试试床的弧度，然后任由吊床独自摇晃着，人已经起身，去附近寻找砖石瓦块，搭一个简单的炉灶。有一次我去买蜂蜜，看到简易的炉灶上坐着一口不大的铝锅，锅里白汤翻腾，正炖着一锅鲫鱼。稍远一点儿的蜂箱上，蜜蜂们来来去去自顾自地忙碌，养蜂人已不见踪影，我知道，他又跟随着蜜蜂往桃花深处去了。

显然，养蜂人已经爱上了这片野桃林，他和他的蜜蜂做着同一件事，在桃林里穿梭，或者把头埋在开得茂盛的桃花里。他们有时会在这里驻扎两个月，桃花开过，如果赶上附近村庄的槐花开了，槐花的清甜远远飘来，蜜蜂们又会飞去槐花盛开的地方。

也许野桃林就是一片普通的桃树林吧，只是没人知道最初是谁种下了它们，更无人关注它们何时长高、长大，长成了这样茂盛的一片。但桃花开了。没人修剪，枝条却更加肆意自由，枝枝蔓蔓妖娆丰茂，春夏的雨水，秋冬的霜雪，都成了桃树们的养分，虽然结的果实最终不知去了哪儿，开出来的桃花却愈加鲜艳热烈，让看到的人心生欢喜。

桃花盛开的时节，透过办公室后窗，便能清楚看到那片野桃林，只要有时间，我就会去桃林里转转。女人则更神奇，她在几里外的屋顶上翻晒陈年的玉米,看到遥远的某个地方一片洇到天边的粉红,如梦中幻境,竟找来了。我来看桃花,忽听到桃林里传来一声评剧清唱:"去年今日从此过,见一位美大姐在门前站着,面似桃花唇红齿白,不亚如月中的美嫦娥……"唱词源自《人面桃花》,是当地传统戏曲评剧中的著名唱段。戏文讲的是一个叫崔护的书生,清明节这天去城南郊游口渴了,就到一户人家讨水喝,一位女子应声出来端给崔护一杯水。女子一个人靠着小桃树静静站立,姿色艳丽,极有风韵,令崔护一见钟情,暗生情愫。女子也对崔护有意,两人脉脉含情,依依不舍地告别了。第二年清明节,崔护又思念起这位女子,就到城南去找,可惜门庭依旧却大门紧锁。寻不见人,崔护万分失落,便在大门上题诗一首:"去年今日此门中,人面桃花相映红。人面不知何处去,桃花依旧笑春风。"

女人唱的正好是这段,她唱得婉转动情,我忍不住鼓起掌来,我们就这样认识了。

总之,就像有什么牵扯着,三个陌生人同时奔来此处,好像要赶着来"桃园三结义",却又并非寻常意义上的"结义"。只要女人来,养蜂人便不见踪影,直到女人走了,他才从某一处树藤枯草遮蔽的桃树间钻出来,与我赞叹女人的唱腔。就像故意躲开,把一片桃花林干干净净留给了女人。又像承受不起与她相见的隆重,干脆把自己藏起来了。

慢慢地,女人也知道了这桃林中还有一位观众,一个神秘的养蜂人。她记忆里突然现出一个人模糊的影子。既然不愿出来相见，必是不想打扰她。她也便接受了养蜂人的美意，从不试图去寻找他，只自己唱自己的就好。

如此一来，我和他们两人竟分别成了朋友，三个陌生人在这片桃林里以这种奇妙的方式聚会。桃花开了，不约而同聚在这儿。桃花开过，养蜂人带着他的蜜蜂走了，女人也不再来，当然我也不会再去。偶尔隔着办公室后窗看一眼桃林，那里绿意渐渐蓬勃，盛夏到来，桃树的绿一点点融入周围杨柳、桑榆的绿里。

二

穿过野桃林，沿着一条荒僻的小路往里走，青黄相接的细草间遗留着牛羊的粪便，不远处，能看到大片麦田的影子。这条路应该是农耕时代从田埂处延伸到村庄的一条田间路，但现在农业生产早就实现了现代化机器耕作，这条路又窄又坑洼，除了年年长出牛羊们喜欢的青草，已经没有了路的存在意义，慢慢就被荒草掩埋了大半。

养蜂人循着他的蜜蜂一路找寻，看到了路尽头的田野，田野的尽头是村庄，村庄的尽头是一棵苍劲的老槐树。老槐树有两三个人的怀抱那么粗，被铁栏杆围着，栏杆边挂铜牌，上写着：品名，国槐；树龄，距今八百年。

这样老的一棵槐树，让见多识广的养蜂人也禁不住啧啧称奇，传说抗日战争时期，有个汉奸爬到树上打探情报，脚踩的粗壮树枝突然变成一条巨蟒，汉奸吓得一下子从树上摔下来，不久就断了气。可村里保卫团的人也经常爬到树上去放哨、侦察，鬼子来了，就在树上挂布条吹哨子，却连条蛇也没见到过，更别说巨蟒了。这事一传开，老树便有了神乎其神惩恶扬善的本领。

挨饿的年头儿，好几年不开花的老槐树竟然开出了爆炸般的花朵，香甜的气味邻村都闻得到。就像给饥饿的人送来了一场盛宴，没粮吃的人爬到树上摘槐花吃，也吃了个半饱。从此，老树彻底成了村庄的守护神和村民们的信仰。有一年大旱，老树也枯了一半，村民们愣是一瓢一碗省下吃的水用来浇灌它，竟然在来年春天把它救活了，枯枝又酿出新芽，直到今天依然繁茂着。相互救赎成就了树和人的生命传奇。

也是因为这样的缘分，村里家家户户房前屋后种槐树，槐花盛开的时节，村庄被槐花覆盖着，变成了白云下的村庄。槐花的香甜引来了养蜂人的蜜蜂，也引来了养蜂人，它们结伴而来，一头扎进散发着香味儿的"云朵"里。

大概也是因为对老槐树的膜拜，村民们把戏台搭在了老槐树对面。

说是戏台，其实就是黄土和砖坯夯成的土台被罩了一层水泥，水泥起皮的地方，裸露着砖坯和黄土。

养蜂人到来时，戏台上正在唱戏。登台的是村民自发组织的业余剧团，唱着发源于本地的传统戏剧——评剧。其实这里的很多村都有业余剧团，人人喜欢唱评剧。被誉为"东方莎士比亚"的评剧创始人成兆才就出生在这儿，这样的历史让这片土地上的人民引以为傲。

养蜂人听不懂这方言腔调的唱词，但他听懂了曲调里的旖旎婉转、娓娓道来。戏台上一个人正在唱，是一个瘦瘦的女人，穿着深蓝色工作服，脑袋后扎着一条马尾。她唱得真好听，养蜂人有些陶醉。她是被村民们推搡到台上的。养蜂人听到有人喊：桃子妈唱一个来，唱一个来。只见拥挤的人群齐刷刷闪开一条缝，女人就被推到台上。

午后的阳光铺展在戏台上，树叶斑驳的影子也铺展在戏台上，养蜂人站在一户人家的矮墙上望去，似乎戏台也不再是简陋的戏台，也有了美妙的背景和灯光，人群拉着重重帷幕，旖旎的曲调中，女人一只纤细的手臂来回摆动着，另一只手抱着一只玻璃罐头瓶。阳光真美啊，女人怀里的玻璃瓶子反射着星星爆炸般的光亮，在光亮里，养蜂人看到翅膀飞舞，几只金色的蜜蜂在这团光芒里徒劳挣扎。

养蜂人痴痴地看着女人唱完走下戏台，他不由自主地跟在女人身后。女人走路真好看，比戏台上的台步还好看，纤细的腰身一扭一扭的，像大屁股细腰的蜜蜂。因此养蜂人不想那么快把她喊住，他在心里给自己找到了跟着女人的绝好理由，他是跟着玻璃瓶里的蜜蜂走的，想看看她到底要把蜜蜂带去哪里。

路程很短也很漫长，养蜂人看到红砖盘成的围墙，破旧的铁门歪斜着靠在墙上，铁门遮掩下的老屋应该有些年头儿了。玉米垛在房顶，草也从屋檐长出来，房子像个窘困的老人静静地坐在日头底下。唯一的颜色是屋门上贴的一幅装饰画，市集上常卖的那种，电光纸上印着各色花朵，花旁站着一只开屏的孔雀，写着"花好月圆"。装饰画旁边，一个女孩儿靠门坐着，女孩儿怀里，依偎着一个更小的男孩儿。

女人就要进门去了，难道他也要跟进去吗？养蜂人终于清醒过来，在女人背后喊了一声。

女人并不知道这些蜜蜂是有主人的。面对养蜂人的问询，她一下子红了脸，急急地解释，用网抓这些蜜蜂来是想哄生病的儿子开心。小男孩儿坚定地认为，蜜蜂会酿蜜给他，养着蜜蜂就能喝到甜甜的蜂蜜。女人窘困地低下头去。她不懂的事太多了，村子里那么多蜜蜂，它们从哪儿来，要到哪儿去，她一点儿也不知晓。

养蜂人心里想着是应该送给她几只蜜蜂的，那么多蜜蜂，不停地采蜜也不停地死去，送给她几只去安慰她生病的儿子又有什么不可以呢？况且，蜜蜂有蜜蜂的脾气，被人抓住的蜜蜂，就算放出来也活不了多长时间。

但他心里这样想着，手却下意识地伸出去接过她手里的玻璃瓶，拧开了盖子。蜜蜂们一下子飞出来，不见了踪影。

完全不假思索的释放使养蜂人愣怔了一下，看看手里空空的玻璃瓶和女人失落的目光，他焦灼地辩白，放掉蜜蜂的行为完全没有责怪女人的意思，那些蜜蜂与他终日为伴，穷山恶水也罢，花好月圆也罢，这长着翅膀的小小生灵陪他蹚过了人生中最普通也最珍贵的每一天。它们不仅带给他足以谋生的"稻粮"，也早成了他的朋友、伙伴、孩子。他已习惯了它们是飞舞着的。也许，养蜂人没有说出的是，他早已把蜜蜂当作了自己。

他告诉女人：沿着这个村一直往南走有一片桃树林，我就住在那儿，你明天来找我，我送给你最甜的蜂蜜。

他已尽力把方言说成了普通话，相信女人应该能听明白。他是真想送给她一罐蜂蜜的，就算冲着她唱戏时带给他那一瞬间极致美好的虚空，送给她两罐蜂蜜又算得了什么呢？但女人没来找他。直到花期过了，他要带着他的蜜蜂走了，女人也没有出现。

再去那个村庄找她？这样想时，他又觉得自己真是多此一举，终究没什么理由让他再一次贸然出现在她的面前了。

三

看到远处隐约的一片胭红时，女人刚从两垛玉米中直起腰。丈夫脑出血去世后，她就像一头躬身拉犁的老牛，再也没直起身子过。但那一天真是太暖和了，仿佛春风伸出了毛茸茸的手，而她是老槐树上沉睡了已久的芽。她站起身，闭着眼伸了个懒腰，深深吸了口气。再睁开眼时，就看到远处一抹绯色模糊着，摇摆着。

那是一片桃花吗？以前怎么从没发现那儿有一片桃花？她忽然想起去年春天，放掉蜜蜂的那个人似乎说过，那个方向有桃树林。到底有没有说过呢？女人努力回忆一年前发生的事，可惜那时没仔细去听，所有心思都在生病的儿子身上，现在回想，记忆中只剩下一团模糊的影子了。

对一片桃花的向往和猜测突然令她有了点儿一探究竟的兴奋，禁不住哼了句调门。

她被自己吓住了。这么久，几乎忘记了自己还会唱戏。去年，她路过戏台时被人推搡着上台唱了几句，走出人群就听到背后的议论：死了父亲，死了母亲，死了丈夫，婆婆又瞎了，她怎么还能唱得出戏？！从那天开始，她决定再也不唱戏了。今天这是怎么了？她放下手里的活计，再次眺望，真的是一片桃花吧？使劲儿再吸一口气，风里似乎也有了一丝淡淡的香。她再闻，再闻。是了，就是桃花的香。还混着桃树发芽的清苦味儿。她迫不及待想去那片胭红之地看看。

女人还未出嫁时，自家院子里种过好几棵桃树，每年早春，远处的土地和田野还干瘪着，还像个长满了皱纹的老人，只有她家庭院，突然就有一朵桃花高过了墙头，接着是一树、一房，开得像齐刷刷的喝彩声。

那时她还在县评剧团学戏，20世纪80年代的评剧团正是红火的时候，在爱戏的农民眼里，评剧团演员就是明星般的存在，常常有买不起票的人为了看场戏，扛着梯子爬上剧场高高的围墙。剧场里座无虚席，经常有混进来的人被请出去，被请出去的人就赖在门口，隔着门也能听到散场。

女人第一次上台，饰演一个丫鬟。小姐出场，高声叫道"丫鬟，取丝帕来"，她脆脆地应一声"是"。可这也足以令她兴奋和满足，舞台让她体会到胁生双翅的感觉，原来声音也可以代替翅膀，唱、念、做、打，无一不能带人飞向一片天空，属于自己的天空。因此她更加勤奋地学戏，整段整段背戏词，天不亮就到村西的小河边吊嗓子、练戏。《人面桃花》她已经唱得炉火纯青，村里人都说她唱得好听，声音清凌凌的，像小河里的流水。他们预言，她终究是要做主演的。她也相信这一天必会到来，让她从只有一个字台词的角色里脱颖而出，让一大段一大段唱词从她身体里飞出去。

怎知好景不长，丫鬟只演过几次就赶上县评剧团整合改制，作为临时工，她自然被淘汰了。她不死心，依旧每天跑去剧团打不要钱的零工，盼望评剧团能再次招工，她就和以前一样去应聘，去学戏。

母亲一次次把她找回家，不许她再去丢人现眼，她依然不死心。就在种地时唱，洗衣做饭时唱，站在村里的露天戏台上唱，也站在自家庭院里唱。她尤其喜欢站在庭院里几棵桃树下唱戏，唱她最拿手的《人面桃花》：去年今日从此过，见一位美大姐在门前站着。面似桃花唇红齿白，不亚如月中的美嫦娥……唱腔随桃花的清香流转，如此，无论桃花夭夭还是落红成阵，都是她的芳华春梦。

可没能等到评剧团招工，噩梦却先来了。先是父亲出车祸去世，不到一年，母亲也病逝，她只好仓促嫁人。又是那么毫无征兆的一天，她在麦田锄草，一抬头，看到向她招手的丈夫在明晃晃的阳光里一头栽下去，像个终于卸掉了十字架的稻草人。麦穗们推搡着，很快覆盖了他。

也覆盖了她。

因此，当她真的寻来，看到面前真实的一大片灼灼盛开的桃花林，女人差点儿流下眼泪。多年前站在自家桃花树下大声唱戏的情景瞬间出现在眼前。她颤抖着清了清嗓子，看看四周，这里只有桃花，只有桃花般的梦境，为什么不能唱呢？就当是一场梦，放开嗓子唱一回吧。

女人尝试着找了找调门，唱出一句，又唱了一句。还是那么好听。她的眼泪终于忍不住流了出来。她越唱越想唱，越唱眼泪流得越凶，就像密封在心里的苦水终于被什么捅出一个洞，汩汩往外冒。她唱不下去了。桃花开得热烈，她趴在桃树上，哭得酣畅淋漓，就像她需要一场痛哭来与岁月告个别，或者，她便是那刚出生的婴儿，用大声啼哭给眼前的新世界贴一张我来了的布告。

女人的到来让养蜂人眼睛一亮，他认出了她。此刻，他站在桃林深处,静静听着那熟悉的唱腔,那个金光灿烂的午后带给他的美妙至极的虚空感又一次袭来,仿佛长着金色翅膀的群蜂在天地间飞舞。

他听到她边哭边唱,边唱边哭,本想出去相认的心思顿时收了回来。隔着枝条的缝隙,他看到女人在繁茂盛开的桃花间闪展腾挪,或掩面抖袖,或碎步捯脚,疯魔般唱着、演着,就像一只蜜蜂终于找到了盛开的花,拍打着双翅试探、采集、跳跃,陶醉地吮吸人间的苦和甜。

他再也不敢动,甚至连喘气都变轻了。这一刻,野桃林不仅成了她的舞台,还成了她人生的剧本,她的一切。除了她,任何一个角色登场都是多余的。

野桃林仿佛让女人重新找回了自己的美梦,她隔三岔五就来这儿唱戏,家里活儿多时,便利用接班前的休息时间。她打工的纺纱厂并不远,如果从村庄直行,走七八里路就到了。但要来桃林,就得多绕十几里。人生的路程徒然多出来十几里路和一段意外的时光。她突然发现,也并不是没有这个时间,她绕了路,去看了桃花,唱了戏,以往该做的事同样一件也没耽误。以前怎么从不觉得自己能多出来这样一段时间?这一段时间去哪儿了呢?她想不明白。

女人收下了养蜂人托我转交的蜂蜜。她把蜂蜜带回家,小男孩儿很喜欢,连声叫着"真甜,真甜"。他们家已经好久没有这样的快乐了。

女人的到来也使养蜂人陷入无限美好的幻想。她拿来大饼、馒头、咸菜和青菜托我转交,作为给养蜂人的回报。青菜都出自她家庭院,饭也是她亲手做的,吃起来有股家的味道。

养蜂人开始盼着女人来,把她唱的戏词都抄在一张纸上,甚至有一天他冲动地写下:跟着我和蜜蜂去飞吧,哪里开花我们就落在哪里。

但这个羞涩的想法很快就和那团揉皱的纸一样,被他否定了。养蜂人知道,他是四处漂泊的蜜蜂,而她,是一棵扎根大地的桃树。桃树怎么可能跟着蜜蜂去飞呢?

想清楚了,养蜂人也找到自己的角色。远远看到女人来了,便一头扎进桃林深处,那里杂草乱木葳蕤,足以藏好他的身影。这样真好,可以继续做女人身边的一只蜜蜂或一朵桃花。这让他觉得,安静的野桃林里,女人是在为他一个人表演。从此无论桃花夭夭还是落红成阵,她的芳华春梦,也是他的。

野桃林里真安静啊,风穿过林子,偶尔有一两只蜜蜂从耳边飞过,发出细小的嘤嘤声。女人朝四周看了看,除了不停飘落的花瓣,林子里什么也没有。但她知道他一定在。他在就好。女人唱起来:去年今日从此过,见一位美大姐在门前站着。面似桃花唇红齿白,不亚如月中的美嫦娥……

四

可是,一片野桃林就这样毁了。

就算一年中,桃花只有十几天盛开的时间,也从此没有了。

更令人悲伤的是,不一会儿,养蜂人领着他的蜜蜂也如期而至。十几只蜂箱还装在蓝色小双排车的车厢里,那顶军绿色帐篷被牢牢绑在蜂箱顶上。面对着一片狼藉空旷的荒野,他茫然四顾良久,掏出手机打电话,拉住一个个过路人问询,大概是没有得到想要的答案,他气急败坏地抓下头上的帽子,颓然坐在一片黄土废墟中,点着一根烟。

日头落得越来越低,养蜂人也开始不断起身往桥上张望。那是女人来的方向。

春风毫无止息,新建的跨河大桥还没有车水马龙,敞阔的桥面像一条通天的路,仿佛被风刮着一直往更宽阔的天地间铺去。

爱听戏的人喜欢《人面桃花》的故事,是因这故事有一个神奇的结尾:崔护寻人不遇门上题诗后不久,偶然经过城南时决定再去寻找女子。走到这家门口,忽听到门内有哭声,就叩门询问。有位老父得知此人就是题诗的崔护,便哭着说:是你杀了我女儿啊。我女儿自从去年以来,经常神情恍惚若有所失。那天回来见到门上的题诗后,便病倒了,以致绝食数日而死。崔护闻言十分震惊与悲痛,哀求允许他进去哭一哭亡灵。他抱起女子哭诉相思之苦,并连声呼唤:我在这里,我在这里……不一会儿,女子居然睁开眼睛,复活了。于是二人喜结连理。

我给养蜂人讲过完整的《人面桃花》的故事。只是,我们还从未听过女人唱起后半部分。女人已经抱着桃树走了,以后不会再见。我站在后窗处看着颓丧的养蜂人,看着荒芜杂乱落红一片的荒地,也许从此他们,我们,今日便将永远告别了。

野桃花没了,槐花还没有开,养蜂人不能再等下去。三十分钟后,他终于掐灭烟上了车,蓝色小双排车在空阔处拐了个弯,吃力地爬上桥。

忽然,我看见沿着桥头那条几乎无人迹的小径远远驶来一个人,骑着自行车,连连挥手。养蜂人也看见了,把车停在桥上。

是女人,她抄小路回来了。眼看到了曾经的野桃林,她把自行车往旁边一扔,一边小跑着,一边往身上套一件衣服。

女人很快就来到断树残枝前,跌跌撞撞地朝一处已无任何草木的土坡走去。这时我才看清,她穿的是一件戏服,一件小生的戏服。

这是野桃林相约以来女人第一次穿戏服。从日常的交谈中,我能想象得出她翻找戏服时的样子:急急忙忙跑回家,将小桃树靠在一边。顾不上掸掉满身尘土,她搬掉儿女的衣箱、杂物箱、各种装鞋的盒子，终于从最底下搬出落满灰尘的一件木头小箱。这曾是她的梦，箱子里装满戏服。来不及多想，她急切地打开箱子，翻出《人面桃花》中书生的行头……

她又回到这片曾经夭夭的野桃林。

手脚并用爬上土坡，女人和往常一样朝四周看了看，定了定神，已经没有了桃树的遮挡，养蜂人蓝色的小双排车就停在桥上。她从身后背包中掏出一顶帽子戴在头上，是舞台上书生戴的帽子。她装扮整齐地站在高坡上，站在一片桃花的废墟里，她仿佛要在这里举行一场隆重的告别仪式。

此刻，浩荡春风吹拂着她青绿色戏服阔大的袍袖和衣襟，像风中飘摇的旗，又像一只就要腾空而去的风筝。而她周围，野桃树的残骸包围着她，犹如无数勇士倒下的身体。女人满目凄凉，凝重而沉着地在空荡的土坡上亮了个相。

就在一片荒寂中飘来了《人面桃花》的后半段：

> 去年今日从此过，
> 见一位美大姐在门前站着。
> 面似桃花唇红齿白，
> 不亚如月中的美嫦娥。
> 我酒醉踏青口干渴，
> 我也曾与大姐求过水喝。
> 我二人一见钟情天缘巧合，

燕归巢她母还心事难表白。
自那日我回故里良机错过,
这一年的相思苦把我折磨。
今年崔护我又到此,
不见大姐却是为何?
莫非她出了阁?
我的大姐呀,
你可害苦了我,
满腹的衷情我对谁说!
叫声书童快溶墨,
门前留诗把情思寄托。
我上写着:
"去年今日此门中,人面桃花相映红。
人面不知何处去,桃花依旧笑春风。"
…………

来日方长

一

叫小梅的陪护趴在我床边睡着了,我伸出手,轻轻拍了拍她胖得几近肿胀的手掌,她猛地一个愣怔抬起头,呆呆看了我几秒,像终于从梦中清醒,笑意立刻盈满脸颊。她探出头端详着我的脸,用带着浓重河南口音的普通话对我说:"恁(你)醒啦?"

是呀,真好。我醒了。

集体病房屋顶中央的吊灯亮着青白的光,睁开眼的瞬间,仿佛正午的日头晃着人眼。把我唤醒的强烈白光就是头顶这盏灯散出的吧,我忍不住在内心感谢这突然到来的光明。想起上一秒还陷入怎么也醒不了的梦境,生怕就永远这样睡下去了,却一下子清醒过来。我有些激动,不断想拿掉脸上的氧气罩,想说话,想告诉所有亲人和朋友,我醒了,我很好,我曾经历了一件多么神奇的事,麻药让我在极致的舒服中"死去",

光芒和疼痛又唤醒了我。我感受到了他们未曾感受过的生命体验。

小梅抓住我的手,像哄婴儿那样轻轻拍打着我的胳膊,附在我耳边小声说:"我知道,你很好,你很好,别急,来日方长呢。"

来日方长……这个词,我喜欢。

我的陪护不会知道,全麻的药效将过未过时,我已从一片空白陷入梦境。又见到小城里那个活跃的歌唱演员兼婚礼主持人。他喜欢在自己主持的婚礼上模仿蒋大为唱《牡丹之歌》,惟妙惟肖,总能激起现场那个年代的人们充满回忆的应和。当父亲牵着女儿的手走向新郎时,他便轻轻哼唱刘和刚的《父亲》,引出观礼的人们感动的泪水。

据说他是小城最火的婚礼主持人。这个看似对人世了如指掌的中年男人,却彻底被肺癌击败了。

他总是白天睡去,夜晚醒来,脾气也越来越大。为他治病已花去整个家当,他却依然怀疑家里人不舍得给他用最好的药治疗。从重症监护室出来后他更像变了一个人,越到晚上越发出夸张、尖锐的呻吟声,像在讨债,向所有人索要他们的健康。

他妻子是我母亲的朋友,悲戚的表情已变得麻木,在极度疲乏和绝望前景的折磨下,快崩溃了。她搂着母亲哭泣,恨不能自己去死了算了。母亲就劝她:"忍忍吧,若不是为了活着,谁能往死路上逼别人。"

有一次我去看望男人,他已瘦成了一具被肉皮裹着的骷髅,骨头堆在轮椅上。似乎预感到自己人生归期将至,有无尽的话要说给我这个晚辈听。可他已经没有气力再说话,费了很大劲儿,抓住我的手只说了一句:"好好活着,年轻,来日方长。"

他的悲伤突然涌出,急速喘息起来。我的悲伤也紧随而至。就像在梦里,他不停向我伸出手,渴望抓住我的手,似乎要把我年轻的生命据为己有,嘴唇也不停颤抖着,想要说出那句"来日方长"。

多像命运刻意的安排,我住进男人曾住过的医院,陪护在我耳边说出了梦中男人始终没有说出的话。

在这家以权威著称的肿瘤医院,太多人带着生和死的选择题来这儿寻求答案。他们和我一样沮丧且急切,等着生命的"宣判"——医生的最后诊断。薄薄诊断书上几个黑色的字已然被判定和划分,是作为定时炸弹引爆还是作为喜鹊放飞,或者连被称为白衣天使的医生都无能为力,它已经变成一道死神的圣旨。

来到这家医院后,我变得小心翼翼,每一张检查报告都板板正正收好,跟医生说的每一句话必恭恭敬敬,生怕一条褶皱、一个态度,就会改变诊断书的命运。这所医院,藏着生命所有的秘密。那些被这儿关上了大门的人，不久后，就真的从这个世界上永远消失了。

死亡，逼迫一切生命露出他的真面目。而对死神最有力的回击，无非就是四个字——来日方长。

二

这间集体病房里住着六个和我一样的患者，都是女病号，几乎相同的病症，肺结节或腺癌。

也同样的，我们做了微创手术，胸部某处都留下两个或三个尚未缝合的小洞，两根或三根导管就从那洞口伸出来，连接着身体内部的肺和身体外部的仪器。也都犹如一个个被管子束缚的囚徒，鼻子上、手腕上、手指间、肋骨旁，都绑着管子，甚至连小便都要借助一根管子。

医生要求十二小时后必须下床行走，行走的人得一手拿着管子，一手提着仪器，这不属于人的身体却怪异得与身体紧密相连的东西，使我们看起来更像被打开维修过又重新组装起来的机器。一挪动，插入胸腔连接肺腑的导管会触碰到不知哪里的神经，很疼。顷刻犹如把每一丝神经、血管，每一根线状组织，一条条硬生生往外拽。不断有人因疼痛发出惊呼。

但这有什么呢？来日方长啊。

没人不遵医嘱，我们为自己下床活动定了闹铃，闹铃一响，立刻呼唤陪床的人，好像早一秒或晚一秒都会影响了治疗效果。

蓬头垢面，满脸痛苦，弓着身，弯着腰，提着两根管子双腿一点点往前蹭，走廊上到处晃动着这样的影子。

但这有什么呢？来日方长。

是啊，我们还活着，我们还有来日方长。

不知七天前在门诊走廊遇到的女孩儿有没有找到办法。

她蹲在诊室门口哭泣，手里拿着父亲的CT片。就在刚才，她拿到了命运给她父亲的最终判决。

医生说："回去吧，老人想做什么就让他做什么。"女孩儿一下子愣住了。她起身默默向外走，到门口时又突然醒转，冲回来，瞪着两只盈满泪水的大眼睛，问医生："他还能活多久？"医生张了张嘴，却最终没有说什么，伸出手，比画了五根手指。我瞬间明白，她的父亲，大概只剩下五个月的生命。

女孩儿像被人一棍子敲醒，哽咽着哀求："你救救他，医生，你给他做手术，求求你给他做手术吧。"

医生无奈地摇了摇头。

生命已到尽头，手术已经全无意义。

候诊时我见过她父亲，一个非常瘦的老人。

漫长的等待中我们聊起天来。照他的说法，一个整天干活儿的农民身体自然硬实得很，从没住过医院，也没吃过药。讲到这儿，他不好意思地笑了笑："药太贵了。"

女孩儿大学毕业后留在这座城市打工,要结婚了,他想,女儿一辈子的大事,无论如何家里人也得来看看。妻子身体不好,这件重要的事自然要由他来做。带上家里大部分积蓄和土特产,老人便登上了火车。这是他第一次坐火车,原本买了无座票,可火车上有一个座位空着,他惴惴地坐了半途。剩下的半途,他不敢再坐,老觉得坐在那儿像偷了别人的东西,好像每一个经过的人都在看他,他不自在。

于是这半途,他站着,有时也坐在车门处的空地上。火车载着他走了两天一夜,终于见到了女儿。可没想到突然就咳嗽起来,还咳吐了血。他认真地询问我:"家里几亩田都是我一个人种,身板也是壮的,在火车上站了站就站出病了?"

他不相信自己这么虚软,只说是有点儿上火吧,和往常一样,挺挺也就好了。可这次女儿不依,先带着他去了两个医院,说这病没看透,又非要把他带到这里。

"这么大个医院,里头工作的都是名医吧?"

他不识字,不知道这是一所治疗什么的医院,总归是城市里的大医院。他猜测着并确信,不管有啥病,这里肯定都能治好。

他跟我说还有个愿望,就是还想坐那样的火车回。现在他知道了,火车上卖不出去的空座谁都可以坐。

作为一个日日从泥里土里刨收成的人,老人大概从未过上"想做什么就做什么"的生活,对他来说,这本该是多么美好的愿望，或许能成为他一生的追求。而当允许他实现愿望的时刻来临，谁又能想到，却是这样一种境地。

就算让他想做什么就做什么，这个连药都舍不得买的老人，又能舍得去做什么呢？

我走出诊室时，女孩儿还蹲在诊室门口哭泣，她就要失去她的父亲了，而她的老父亲，此刻就坐在诊室外面，隔着一道门，等女儿带给他一个满怀希望的结果。

三

遇到女孩儿后我一直在想，真的没有办法了吗？那可是一条生命啊。

但命运中却总是充满着无能为力。

那些逝去的生命也曾多么鲜活。这世界的某个地方也安放过他们的爱恨、幻梦、悲伤与幸福。有机会活着的人，谁还会为了一时的病痛要死要活？

同乡却偏偏不听。

没想到在这个医院居然能遇到同乡。

当即如同两只被投放在悬崖边，前无去路、后有追兵的海豹。当然，大象也罢老鼠也罢，总之，绝地之境，两人很快拥抱在一起。

她和我同一天入院、同一天手术,也住在这间病房。这个五十多岁的邮局老职工,每天大部分时间以泪洗面,脸上布满愁苦阴云。

手术前,在医院一个僻静角落,她拉着我大放悲声。天很冷,西北风吹在脸上像锋利的刀子在划,而她的哭声像一把锯,一下一下在我心上来回拉扯。

似乎怎样劝解都不能令她停止哭号,没办法,我只好指着自己,对她说:"你看看我,我还这么年轻,女儿还没成家,你连孙子都有了……"说到这,我鼻子一酸,一股泪差点儿夺眶而出,心中真的酸楚起来。

没想到同乡竟然止住哭声,上下打量着我,满脸阴云终于一点点散去,嘟囔着:"是啊,你还这么年轻,我到底比你多活了这么多年,我有什么好怕的。"

说完,又似乎这才恍然大悟我还在身边,赶紧搂住了我肩膀。

我不怨同乡,她并非自私,只是从我身上寻到了同类的安慰。

我们都怕自己会成为被命运抛弃的那个。那是一种独自一人站在庞大的空旷里的孤单。

当然,也是慌张。突然看到人生最终结果的慌张。别人都好好的,只有你,为什么只有你得了这种病?单独走上这样一条路?你的一生,根本就没按照预想的那样去生,去死,万事都能有个了结。

不是失败，是不甘心。

同乡便在遭受这样的精神折磨。

其实手术前医生告诉过我们，这种微小肿瘤，手术后大部分人可以实现临床治愈。我信了，心里舒服很多。虽不是百分之百的保证，但终究让我有了盼头，倘若我就是大部分中的一个呢。

但她不相信，认为这是家人和医生串通好了，这样说不过是想减轻她的心理负担。癌啊，可是和死亡画了等号的病。

她就是一个普通人，极普通。她的经历、岁月、生活，混到人群中简直难以分辨。医生说肺结节发展成腺癌的概率很小，怎么这样的事她就"中奖"了？成了概率百分之几中的"几"。

她想不通，更接受不了。

她还有不能与其他人道的心思。

在我们家乡，尤其农村，很多人喜欢用因果报应来定义一个人的经历和结局。他们把人生中一切安排归咎于老天爷。老天爷会降下诅咒给坏事做尽的人，也会将好运降临在好人头上。

有人得了重病，又恰逢这人素日里有冤家，那得了，最恶毒的象征意味也随之而来——他一定是坏事做多了才得了这种病。连老天爷都来拿他。报应啊！

想到这，同乡心里突然涌出一种丢人的感觉。担心她的病也会引出别人关于是非善恶因果报应的臆想。

谁知道呢,小城太小,绕不出三个人就能把两个原本陌生的人变成亲戚或朋友。在代代累积的岁月里,所有血缘亲人遭遇的不愉快之人,也许都会因她一场这样的病给他们留下非议和鄙夷的借口。她可不想成为人们茶余饭后的话题。

"我也算勤奋善良,乐于助人,从没害人的心,也没占过人半分便宜。老天爷为啥要惩罚我?"她自问,也问我。

可我却不知该怎么回答。

是啊,我们正值盛年,都有年迈的父母,需要呵护的儿女,一身臭毛病却难舍的丈夫,几十年筑巢建好的家。还有亲密的手足,暖心的闺蜜、朋友……谁没几个这人世间难舍之人,难舍之事?

不舍得。更不想拱手送给别人。

没有答案。我不愿承认自己也曾这样自问。

接受得病的事实后,我写了一封遗书,尖锐又自私,坚决把家中所有的积蓄和房子留给女儿。父母尚有兄弟照顾,丈夫也会另结新人,只有女儿,是我心中最难舍之人。没妈的孩子像根草,我要给她留下些活下去的保障,让她在没有母亲的日子,也能尽量过得好一些。

我边写边哭,不能自已,就像必须在哭声中与一切做个了断。

四

男人的哭声也猝不及防地传来，众人纷纷拥向收费窗口。

一个中年男人坐在地上，边哭边用一沓厚厚的检查单敲打自己的脑袋。他的白发在头顶颤抖，像一场白雪覆盖的山坡正在发生地震。

妻子在他旁边，用一只手试图搀起他，另一只手悄悄抹掉自己眼中不断涌出的泪珠。

听她讲述，他们刚刚得到好消息，居住的老旧危房要拆迁改造，政府已开始丈量土地、签合同。按面积，他家能分到一套楼房和不多的拆迁补偿款。

妻子说这下好了，楼房面积不小，可以卖个好价钱，也给你用上靶向药。

不想这句话却一下子击垮了男人，他像个委屈又绝望的孩子，号啕起来。

一个下岗再就业的出租车司机，一个挑着父母儿女重担的中年男人，要把奋斗了半辈子的盼头，一家人梦想中的楼房砸在这一场已知结果的病里？

他不想治了。

他为跟在他身后一家人的命运悲伤，也为不想放弃却又不得不放弃的自己的命运悲伤。

而他身后，等着缴费的队伍越排越长，不断有人急急跑来，加入进去，令人确信，这是一支向生的队伍。

我相信那是一支向生的队伍，因为我曾是其中的一员。在这个充满悲伤和绝望的地方，向生的一切都是好的，哪怕是幻想。它会像一条好消息那样令人开心。就像我的陪护，小梅。

小梅笑起来像个傻子，扒着我耳朵说话的时候又像在藏起了金元宝。每一位手术后回到病房的病人都得到过她的问候。作为权威的陪护，她比医生还笃定地告诉她们："你这个病没事儿啊。做完手术最少还活八十年。来日方长呀，哈哈哈……"

因为她爱说来日方长，陪床的家属一时见不到她，就会问："你的来日方长呢？去哪儿了？"

但凡听到这样的玩笑，小梅胖胖的脸就从门口探进来，笑嘻嘻地说："还能去哪儿？来日方长也要透口气呀。"

病房里立刻传出一片笑声。

这个胖胖的陪护，一开始并未给我留下太好的印象，她长得鲁莽粗糙，说话也直来直去，可两天下来，我就彻底改变了看法。她天天守在我床边，擦洗、拍痰，细心又卖力。护士每次发了止痛药，她都要把每片仔细分割成两半，半片半片喂给我吃，怕这种药吃多了副作用大，鼓励我能忍就忍。

就在昨天，小梅接到也在这所医院做陪护的同乡的电话，她搭上了一桩生意但做不过来，就打算介绍给小梅，让她一个人看护两张床。没想到小梅拒绝了。撂下电话对我说:"为了多挣钱,一个人照顾着几个病人,那能照顾好吗?收了人家的钱,就得给人家好好服务,俺可不能干那样的事。"

我赞了她的人品,她居然还有些羞涩,悄声对我说:"啥好人呀,俺就是觉得人和人都差不多,你们经的苦俺都看得见,有时候俺都替你们疼。活着多不容易呀,你说是不是?"

这番话让我对她更加刮目相看。

细细端详她的脸盘,突然发现小梅长着一张酷似弥勒佛的脸。便悄悄对她说:"你长着一张慈悲的脸呢。"

她敛了敛笑意,正儿八经地凑到我身边耳语:"俺长得土,不过俺村算卦的说,俺这面相,有福。"

小梅没有多少文化,不知道她已经告诉了我一个深刻的道理——最大的慈悲,就是感同身受。

看着这个健康热情的生命,我点点头肯定她:"对。有福就是慈悲。"

那天中午,小梅突然要跟我请半个小时假,说是去给她干哥哥的女儿过生日。我才知道,原来,医院门口卖书的男人就是她干哥哥,三年前认的。病房里的人拿给她的水果零食,出院后带不走的日常用品,她舍不得吃,舍不得用,都送给了这对父女。有一年女孩儿生日,小梅和他们围坐在一起,举起白开水碰杯,男人对小梅说:"妹子,感激的话我就不说了,咱都要好好活下去,来日方长。"

小梅就是从那时学会了这个词——来日方长。

五

一直觉得肿瘤医院的保安有点儿凶，一见到推车来门口叫卖各种零食小吃和日用品的小贩就赶得不见踪影。唯独那个男人——小梅的干哥哥，可以坐在医院门口，像花岗岩石墙的一部分，又像是从石头里抠出来专门为肿瘤医院做代言的雕塑。

男人坐轮椅，脖子缠着绷带，腰间也缠着，以至于寒冷的冬天，不得不把棉衣的衣襟裁出长方形缺口，以便腰间绷带下两截导管连带着一个什么仪器顺利落在轮椅踏板上。

他面前摆放着一堆书，自印，薄薄的只有二十页，卖十元钱一本，书名叫《一名癌症患者的自述》。

我观察过，他的书卖得不错，我也买过一本。

书中讲，他是南方一所镇子上的中学教师，原本来这里给女儿治病，自己却晕倒了，一检查竟查出了惊天动地的结果。他得了喉癌、肝癌，都已近晚期，比女儿的病情还严重。这下他不仅是一位不幸的父亲，更成了一个不幸的癌症患者。老婆听到这个消息，一言不发就失踪了。几天后，村里人捎来口信，从老家附近的水塘打捞出了她的尸体。

本来，一知道病情男人就想好了结果，他买了农药，只等女儿好转就实施自己的计划。但老婆的死反倒让他冷静下来，命运的愚弄激起了他的反抗之心，他就要活着，活下去，看看这命运到底能奈他几何。

女儿需要长期用药，他干脆办了病退，一咬牙，把家中房产也卖了，来医院附近租了间狭小的住室。也不知从何处讨来的偏方，也不管是否安全，反正煎了喝就是。已经到了这份儿上，他什么也不怕了。

连绵不绝的疼痛，狠狠打击着他要活下去的欲望，他就照书上画的写的，用针扎穴位止痛。

人生越艰难，他的倔强就越强大。当命中拥有的已所剩无几，他突然变成了孤绝的战士，死守着唯一一块阵地，破釜沉舟，孤注一掷。

重要的是，从决定活下来那一天，他就学会了与自己的身体对话，就像那里还住着另一个人。他在书中写道："每个人的身体里都住着天使和魔鬼，让谁胜利，把谁留下，就看自己的选择。"

他把病痛比作魔鬼，把活着的意志比作天使。日复一日与"天使"的对话令他愤懑不甘的心逐渐平静，像酝酿着海啸的大海终于被更顽强的和风劝服。潮水退去，海面风平浪静，直达天际，让他看到了更广阔的天地人生。

他真的活下来了。

医生诊断他活不过一年，如今三年过去，他依然活着。令人欣喜的是，身体各处的肿瘤不仅没再长大，更没扩散，似乎它们也服从了"天使"的意志，老老实实听从了他的安排。

这样的经历在我看来的确有些夸张和传奇，但小梅说是真的。连保安也愿意相信他。

她要我也相信。

是啊,为什么不信呢?对来到这里的每个人来说,男人的经历便是莫大的鼓励和安慰。哪怕只是绝境中看到的救命绳索的影子,至少也会让人生长出这样的志气:普通如我们,也是可以和命运中的劫数搏一搏的。

教小梅记住来日方长的人,已在词义中渗透了生命的真相。"别放弃,来日方长。"

我也用这句话安慰过哭泣的女孩儿,哭泣的男人,哭泣的同乡,还有,哭泣的自己。

但人性就是这么荒谬,一旦知道自己还有来日,各种有用的没用的尊严立刻就回来了。

我是浑身战栗着被推进手术室的。

害怕。除了怕手术意外、怕疼,最难迈的还有心里的坎儿。我要做的是胸部手术,会不会袒露隐私部位?

唯一的手术经历是一周岁左右因腮腺炎开刀,可那次手术除了在我耳后留下一道隐约的伤疤,再无任何经验提供。

没有经验,只好想象——会不会被脱光?像一头待宰的牲畜撂在案板上。会不会有一群男医生或护士拿着棉球,把我浑身上下都用消毒水擦遍?会不会成为一台教具?主刀的专家一边切割一边给观摩的学生讲解……尽管只是猜测,种种情形却都已挑战了我所接受的传统观念的底线——把身体暴露在一群陌生的异性面前。

忐忑不安的一刻,突然有个声音冲到耳边:你抗拒的手术却是很多人想要的生机,还有什么好矫情的呢?

立刻,我的身体从一头惊慌的驴子变成一只温顺的绵羊。果然,人最怕的还是死。这么快,我就抛弃了自尊,劝服了自己。

至此终于明白,生命追求的极致并不是怎么死,而是如何活。若如此庸常地死去,何不好好经营余生这场生命的盛宴?

六

外面的天已黑透,我猜测已近午夜,马上,病房将迎来一场呻吟的暴动。

小梅将提前准备好的半片止痛药递到我手上。

疼痛果然在后半夜袭来,像一柄锤子把钉子钉进了黑夜这面墙壁。

最先发出呻吟的是邻床病人,她比我早一天手术,此刻半趴在病床上,一根管子从她身后伸出,像一截奇怪的尾巴。她的切口在后背,不管白天黑夜,只能保持这样的姿势,拱起身体的样子,像一只正在努力产卵的虫蛹。

此刻,她丈夫四仰八叉睡在病床上,居然发出低斥:"别人哼哼你也哼哼,又不是第一次做这样的手术,至于吗?"

这对夫妻是第二次住进这间病房,上一次是三年前,她就躺在我躺的这张病床上,手腕上套着一条同我的一样写着三十二床的浅蓝色腕带。

"同样的事竟然发生了两次?"男人为了生活秩序被改变而生气,似乎这场事关生死的病,只是女人这张白纸上写错的一笔,擦掉就好了。

这个丈夫的话让小梅坐不住了,她噌一下站起来,用尽量温和的语气对男人说:"俺告诉你,这个床都是无菌的床单,是病人躺的,你不能躺在上面,护士看到会把你赶出去的。"

男人有些下不来台,怒气冲冲欠起半截身子想争辩几句。

这时,病房里突然响起此起彼伏的呻吟声,像一场呻吟的合唱,像听到女人呻吟的呼唤奔赴而来的气势汹汹的声援。告诉她,我们是她的同盟者,是知晓她疼痛的那个人。

这阵仗把男人即将说出口的话硬生生给憋了回去,他极不情愿地起身,走了出去。

这一场下来,引发疼痛的已不只是连通肺腑的管子。

也许令我们疼痛的本来就不是管子,却和管子一样冰凉,扎进我们的身体。摸不着、看不到,实实在在连接着我们的呼吸、血脉、脏腑,俨然成了身体的一部分。不,不只是身体的一部分,是人生的一部分。

造物主真是奇怪，让生命还是胚胎时就学会了依靠一根管子活着，如今，依然无法摆脱由它带来的营养、感染或生存依赖。

如同一场潮水，此起彼伏的呻吟声在黎明时终于退去，生命又迎来太阳升起的时刻，逐渐到来的光明仿佛释放了一种能把病痛卷走的能量。

病房里依稀传来吟唱，仔细听，是王菲演唱的《心经》，电影《唐山大地震》的主题曲。我知道是那对七十岁的老夫妻在听，老头儿把手机贴放在老太太耳边，他出去打水，给病床上的老太太擦脸。他们每天都是这样的秩序。

两位老人从鄂尔多斯来。他们没请陪护，也没其他人替换着陪床，老头儿一个人整天守在老太太床前。晚上她睡，他就在床边铺个垫子打地铺。白天她需要走动时，他就在身边帮她提着连接导管的仪器。

从没听到过她的呻吟和他的抱怨，如同一切苦痛，都已被岁月化解。

看到他们，我想起年迈的父母。生病的消息仍然瞒着他们，弟弟和爱人一起帮我编造了一个完美谎言。临行前，我去跟父母辞行，眼泪忍不住就要夺眶而出。我假装快乐，告诉他们要去外地开会了。但转身离开的瞬间，心里竟没来由地生出一丝怨气。父母，居然没有多问一句。

四十多年来，他们一直认定我是家里最不需要操心的那个，仅仅因为在他们眼中我从小壮得像牛犊，我是家中的老大该担当，我从未跟他们诉苦。或许并非因为我的生活真那么完美，而是他们只愿意相信这样的我。这样，他们就不必为我操心，也可能，他们早已习惯不为我操心了吧。

而那一刻，我多想告诉他们我需要。需要他们看穿我的脆弱，需要他们追着我多问一句，哪怕让我绞尽脑汁再编造另一个谎言骗他们，以证明我也是被他们珍爱着的。

我将自己的心结讲给小梅听，小梅悄悄指向这对老夫妻。

老头儿每天在病房外给女儿打电话，总是说你妈和别的老头儿跳舞呢。为了让女儿相信，有时老头儿还用老太太的手机放着音乐。这波操作下来，病房里的人都知道了，他们是瞒着孩子们来的。

老头儿说他们的两个女儿都在外地工作，自己能照顾得了，就不想让孩子们跟着操心了。

"其实在俺们心里，是不是也觉着父母从不会老、会病、会死？以前俺就从来不觉着俺爹俺娘会死，从来没为他们操过心。俺娘死了才知道她得了那么重的病，一直忍着，不告诉我，就为了让我省心，过好日子。谁会想着让你放心呀？也只有最亲的人才想你好。"小梅说。

细细琢磨小梅的话，我竟然惭愧起来。我也要被一场病改变了吗？怎么连这样的道理也不懂了呢？父母之于子女或子女之于父母，最大的爱就是让对方放心吧。

父母给我的又何尝不是他们对来日方长的另一种解读。

七

"来日方长就是有很多很多好日子等着你的意思，还有什么比这更好的祝福。"

在小梅掌握的有限的词汇中这个最美的词，像祈祷词一样也给了小梅最好的盼望。她念叨着它，送给别人也送给自己。

她给我讲了一个她在别的医院做陪护时经历的事。

一对年轻的夫妻，丈夫车祸后一直昏迷。时间一天天过去，如果再昏迷下去，就算醒来也很可能会成为植物人。

刚入院的几天，妻子在床边喊着丈夫的名字，哭得昏天黑地。突然有一天，人们再看到她时，她穿了一身红色的漂亮衣裙，打扮得像个新娘子，化了淡妆，还喷了浓浓的香水。在亲人们异样的目光中，她从挎包里拿出一张报纸坐在床边，给昏迷中的丈夫读报纸听。此后的时间里，她没有再落一次眼泪，始终把自己打扮得漂漂亮亮给丈夫读书、读报。

公婆最初掩饰着不满，后来直接在人前毫不留情地责骂，女人依然没有改变。看到她的妆容和穿戴，来探望的亲戚朋友说什么的都有，她也从不解释。

从重症监护室出来第二十天后，年轻的丈夫终于醒了，亲人们围在他身边欢喜至极。只有年轻的妻子，突然在人群外搂着小梅放声大哭。

小梅说，那时候只有她对女人最好，因为女人跟她说过"人人都说我轻浮不稳重，良心被狗吃了。我不是。我只是觉得他在看着，我不能放弃。每天站在镜子前打扮，都会告诉自己今天的自己是新的，是充满希望的。这样的我才是他熟悉的我呀"。

小梅这才知道，她经常用的香水是丈夫送给她的，为了让他闻到熟悉的味道，才喷得那么浓。

小梅得意地告诉我，年轻的妻子是通过自己的气味刺激了昏迷的丈夫，让他知道妻子在等他，并最终唤醒了他。她跟一个心理方面的医生讲起过这件事，医生说她分析得有道理。

"过了不久俺就到这儿来当陪护了，有一天那个女的给俺打电话，非要感谢俺，给俺寄点儿东西，还说是那个时候多亏了俺说让她不要管别人怎么说，自己觉得对就么做，她才能坚持下来。俺说俺也没啥能送给你的，就送给你一句话吧……"

我的陪护小梅，把"来日方长"当作最好的祝福送给了年轻的妻子。

也许任何一场病痛都是生命的一场暴动，是生命发出的求救和抗议。当我也学会了清醒地审视生命的流逝，终于坦然接受了这一切。

生命最终要逝去，与命运的博弈是输是赢其实已没那么重要。在与肿瘤医院交汇的那段时光，我从那些承受着痛苦却依然要活下去的人身上学到了接纳和感恩。从接纳生命的缺憾开始，接纳整个人生。

每个人的一生都有许多重要的日子值得铭记，而从此我的生命里，又多了一个特别的日子，极度痛苦却满怀畅想。2018年1月18日，手术切除了我身体的肿瘤，也将我推向命运的转折。从此，我的后半生将开启一段从未经历过的生命探险之旅。

丈夫说这次经历使他明白，人生最美的词，一个是虚惊一场，一个是不幸中的万幸。

我想起胖胖的陪护小梅，想起那些在病痛中挣扎徘徊的日夜，想起所遇乃至所有在挣扎徘徊中依然存着希望的平凡而伟大的生命。我说，人生最美的词不止两个，还有第三个词，叫来日方长。

从白纸的内部游离

每逢雨季,草木便疯了一样长叶子。紫藤从屋顶垂下来,到了夜晚,窸窸窣窣摩擦着风。而那棵花期已过的玉兰树,枝叶直直向天,仿佛要在瓦灰的天空中写下点儿什么。也许对它来说,天空不过是一张大纸。

每年夏天,总有不同的广告商把长途汽车站对面的水泥墙刷白,然后用各色彩笔在上面涂写自家的广告。每一次,他们一心一意刷着那面足有十平方米的水泥墙,粗刷子上下翻飞,直到把一面污秽不堪的黑灰色墙壁刷得像一张白纸,然后心满意足地蹲在一旁抽烟,欣赏他们堪称伟大的创作。有一年,不知为什么,墙壁刷好了许久却没人来写,有个捡破烂儿的男人,带着一个小孩儿,日日黄昏时坐在墙下,大手握着小手写字,用红色、蓝色粉笔写满了上、下、左、右、人、口、手……看得久了,我终于忍不住走出门,拿着一沓白纸和几根铅笔送给他们。男人转过身,搓着布满粉灰的手,对着我点头哈腰,羞愧不安地接受着我的好意。而那个小孩儿,两只小手像是颓然失去了依托，胡乱摸索着，他，竟然是个盲孩子。

我第一次痛恨文字，痛恨它给一张白纸带来的伤痕。

十八岁以前因为不喜欢写作文常常被母亲责骂，但我冥顽，总是不肯多写一个字。那时正迷恋一位篮球队的男生，每天课外活动，无一例外跑去训练场，眼巴巴等着球飞出场外，我箭一般冲出来，争取第一个捡到球，亲自交到他手里。他看着我笑，露出洁白的牙齿。

这感觉让我内心汹涌，在捡了三个月篮球后，用省下的饭费买回一本《情书大全》，仿照里面的文字精心炮制了一封情书。这是我第一次怀着情感写字，忽然惊奇地发现，以往熟悉的那些平凡的汉字仿佛在白纸上跳跃，展现着各自的幸福和忧伤，原来，文字是有生命的。

那个黄昏特别美，太阳落到了校园围墙的墙头，把墙头的毛毛草染成了金红色，像给围墙镀上了一层金边。在这样的光环里，男生终于把信看完，他疑惑地端详着我，像看一个怪物，终于一言不发，转身就走。我有些着急了，跟在后面不停地追问，我写得怎么样？怎么样？他猛地转过身，脸上挂满揶揄的表情，就你这套把戏？我才不会上当呢。

事情就这样结束了。我忘了那天是愚人节。大概天底下再也没有比我更愚蠢的人，在愚人节给男生送去了一封华丽的情书。

那个美丽的黄昏之后，我发现自己疯狂地迷恋上了文字。

"要把自己当作最早来到世间的人之一，试着叙述你看到、体验到、为之钟情和失去的一切。"这是奥地利著名诗人里尔克的话。在诗人心中，或许只有这样人才可以和万物对话，才能站在离灵魂最近的地方。

突然有些羡慕那个盲孩子，他告诉我，暴雨来临之前，风的声音和鞭子追赶羊群的声音是一样的。小鸟曾飞过他头顶并投下鸟鸣。就像这样，他拿出粉笔在墙上画着，唰——唰——这是飞的声音……孩子笑着大喊。

只有一个盲孩子会相信文字是落在墙上的，像一只只鸟儿。当他大声读着"人、口、手"，那些他永远看不到的字，就会从某个地方传来鸟儿飞翔的声音。而我，太久没有听到这么美妙的声音了。

也许因为太相信眼睛，而丢失了倾听。

盲孩子教我学习倾听。闭上眼，两只手卷成弧形放在耳朵边，父亲告诉他，跟孙悟空大战三百回合的顺风耳就是这个样子去听天地人间。我依样做了，在盲孩子的指点下，慢慢安静下来。围墙像一座围城，似乎把我分隔出这个世界，先是风的声音涌进耳中，接着听到墙砖在白色涂料的掩盖下发出嘶嘶的呐喊，我的心像沉浸在海水里。然后，我听到了自己的心跳，不是从胸膛里传来，是从头顶传来，我的身体像个回音壁，回应着这个世界的每一种声响。

我沉浸在这奇妙的声音里。

不知过了多长时间，猛地睁开眼睛，眼前的世界竟然变得更加透亮，草木的绿像被水洗过，油油地闪着光。远处的红房子、瓦灰色屋檐、屋檐下燕子们的巢，轮廓都清晰起来。

盲孩子看不到这些，但他相信我的描述，大叫着，我知道，绿色就是沙啦沙啦的声音，是我妈妈的纱巾的声音。

我夸他，你真是个小诗人。

他反问我，诗人是什么声音的？

诗人是什么声音的？我一时竟不知该怎样回答。想起曾有朋友在他的朋友面前介绍我，她是个诗人。这顿时让我按住舌尖上飞奔的话语，生怕让别人觉得话太多的诗人不是个好诗人。当然，这样的联系毫无道理，但我就是会想起墨西哥诗人帕斯的话"为了说话你要学会安静"。于是我便会按捺住想说话的欲望，就像努力让一张白纸多保持一会儿它的沉默。告诉自己再听一听文字们的争吵，"让子弹再飞一会儿"。

已故诗歌评论家陈超先生说过"好的诗人，都是安静的聆听者，聆听语言自身的演说，听从语言对你的引导和召唤"。我一直在试图消化这句话。直到这个盲孩子教会我倾听的这一刻，我忽然明白了这句话的含义。

诗人是什么声音的？我告诉他，诗人和他一样清澈，应该有滴答滴答的水滴的声音。诗人也是他手中厚厚的白纸，等待鸟儿在上面唰唰地飞。但诗人也可能是闪电打雷的声音。还有很多很多，诗人千变万化，什么声音都可能是他。

孩子点点头，他相信了我。

相比真实，盲孩子的一部分会永远生活在想象中，就算有一天他长大了，承担过生活的苦楚，依然会因为虚构，模糊掉现实的力量。盲孩子不会担心想象与现实的距离。或许这是好事，想象与真实无限重合了，对于他来说，世界是一张白纸，可以随时在上面画上他以为的真实。也许这就是命运给予他的补偿，他想要什么样的世界，世界就是什么样的。

盲孩子不会有我这样的挣扎，在现实与理想的距离中痛并快乐着。他不知道白墙背后，与他一墙之隔的地方便是小镇最喧嚣的一条街道。街道紧邻长途车站，炸油条的，摊煎饼的，开出租的，在站旁兜售各种零食和打火机的，急急追赶汽车的……他们拥挤在城区最北边的这个角落，散发着浓烈的汗味儿。而整座车站，也犹如一颗大汗珠，整日挂在小镇的额头，擦也擦不掉。

其实我极其厌倦这条街道，一条城乡接合部的分割线。下水口旁永远堆放着垃圾，临街的店铺脏水随处乱泼，每年冬天，路面上都结着厚厚的冰。有一年，我衣着光鲜地在冰上摔了个仰八叉。还有一年，一位路人被突然泼出来的脏水淋了个落汤鸡，双方为此打了起来，扔起的砖头和啤酒瓶子，直接砸烂了路边民居窗户上的玻璃。很多次我发誓一定要搬家，县城里已经有了很多漂亮的小区，和大城市里的一样，每年春天，花儿开得都疯了。理想中的生活不过如此，在早春，推开窗子，能看到一树繁茂的梨花或者樱桃。

想换房的念头产生过无数次，但落到实际，总是面临诸多问题，比如：房价一年年上涨，严重超出了工资负荷；现在的住房离单位和孩子的学校都近；最重要的，车站附近菜市场和超市很多，买东西方便，不用去城中心苦苦寻找停车位。生活！仅这一项，就足以令我哑口无言。理想远在现实之外，但现实，始终在理想之上。论重量，理想之重是称不出来的，而现实之重，是实际的砝码。

我敢断定，在这附近居住的人，绝大部分和我一样，想搬家，因为我每天都能听到他们隔墙传来的咒骂声。但他们和我一样，也还在这儿居住着，并不停地打扮着他们的生活。

我想，这，就是距离。失去与获得，理想与现实，盲孩子与我，一张白纸与一幅人间市井图……

我曾叩问内心，并诚实地告诉自己，是距离把我带到诗歌身边。

现实可触，而在现实和理想之间，总有那么多未知在远处模糊着，美着。灵与肉，爱与恨，生与死，新与旧，动物与植物，高山与流水，梦境与现实，甚至，一个我与另一个我……我在诗歌中无限缩短和延长着万事万物的距离。我与距离较量，我服从距离的安排，这一切，都让我惊喜。我终于不用再做一个忠实的测量者，而成了距离的制造者。

有时候我想，能不能在经过车站时，告诉那些繁杂的车辆和行人，我是个诗人，请他们停止喧闹，有秩序，不随地大小便？或者命令那个总爱在凌晨五点十五分乱鸣笛的公交车司机，安静地站在路边，等大家打开窗户的一瞬间绽放出满身花朵？他们一定啐我一脸唾沫并骂我神经病。

警察和诗人是有距离的。

你可以拥有另外一个名字，但却不能伪造另一个自己。

"就像文学不是一份报纸的全部，文学也不是一个人活着的全部。特别是写诗，它永远不应当变成一份职业。现在，这世上不能当职业的事越来越少，一定要有点儿保留。事实上没有任何一个人刚到这世上就是来写诗的，他要做的事情很多，他要安身立命，在繁杂焦灼的安顿过程中，总有波折发生在心里，只有把它记录下来，有些人才能把心放平了，这成了我们不断写诗的根据。"我喜欢诗人王小妮在获奖演说中的这段话。有点儿保留是距离，心里的波折也是距离，理想与现实的距离。

对我来说，诗与人似乎永远隔着理想与现实的距离。朋友介绍我时说，她是个诗人。其实，我只是一个写诗的人。如今，我更愿意以人的名义尊重每首诗歌独立的生命；把它的孤独还给它，在甜蜜与伤痛之间痛守各自的千山万水。

现在，我羡慕着一个盲孩子作为诗人存在的那一部分——用听觉缔造着世界。

也许每个人都渴望拥有盲孩子的一部分，期待在漫长又短暂的人生路途中，永远有能力创造一张白纸，留给由自己缔造的世界。

而在我的身边，理想和现实正演绎着距离产生的矛盾和美，等我在属于自己的白纸上画上一条路，一条现实通往想象的河流。

一朵花睡在更多花的梦中

午　　后

我喜欢办公室窗外那棵榕树
还有开着大朵花儿有些俗气的月季
在多雨的夏天，我盼望和一株植物
站在一起，更亲密些
被它们的刺划伤
被它们俗气而大胆的表白迷惑
当睡眠降临
风吹过窗口，当风随着它们的枝叶
发出沙啦沙啦的声音
我猜测植物们在半梦半醒之间
和我一样汁水饱满
在午后更大的空间里
果实爬到树上

花香一点儿一点儿碎掉

"应该买一束花。"这是我午睡醒来后的第一个念头。

阳光实在太好了,把窗棂的影子、树枝的影子、墙头雀鸟的影子都投射在白墙上,白墙变成了一块巨大的投影屏幕,这些原本与花朵无关的事物在明亮的阳光中摇曳闪耀,仿佛正在逐一盛开。

桌子角放着一只阔口玻璃花瓶,没有花住在里面,像一所空房子。有位同事新婚来送喜糖,便顺手把喜糖灌进瓶子里,花瓶暂时成了糖果的家。没想到阳光打在花花绿绿的糖纸上,折射出的七彩光斑也在白墙上闪烁,更像五颜六色的花朵在墙壁上开放。阳光帮糖果实现了成为花朵的心愿,一时间,素白的墙壁竟热闹丰富起来,连同这个安静的午后。

"太阳让所有的花朵睡去,一朵花睡在更多花的梦中……"这句话突然从记忆中浮现。我一直相信生活是需要花朵装扮的,它们像久违的好消息那样令人愉悦。大自然降下美丽给予人间自有它的价值,就连田埂上、荒草间甚至废墟里,也有野花开放,一大片或一两棵,像大地对卑微生命的纵容与偏爱,让人在不经意间感叹生命的富有。

突然想到,如果我也是一朵花,那光阴一定是滋养并囚禁我的花瓶了。光阴啊,多么庞大的定义,也许在光阴的花瓶里,万物都是它的囚徒,花儿不过只是一个代称罢了。只要有绽放的欲望,任何事物都可以成为花朵。

花芯里的虫子

我认识的女人不怕虫子的很少,我也从小就害怕虫子。谈恋爱时曾列出"找男友十三条",其中第一条就是不能怕虫子。更好笑的是很多男生和我的感觉一样,只是他们把怕说成了"厌恶和恐惧"。这大体能代表人类给虫子的待遇,厌恶地把它们弄死或恐惧地走开。

从没有想到过有一天自己会为了虫子心底柔软起来,就在前几天,一条虫子轻易打动了我。

四月,北方的梨花开得正盛。梨树枝丫横生,满园梨花手牵手,真有一种"梨花赛雪满栏杆"的气势。我们选了一枝开得最繁茂的梨花准备拍特写,当摄像机镜头一点点拉近,一只花芯里的虫子闯进镜头。它通体青碧,大约三厘米长,头部顶着两个红色小突起,尾部如针尖。它似乎在花芯里产卵,爬过的花瓣上留下一道湿湿的印痕,尾巴翘一下,一些褐色的小点点就附着在那道印痕上。如果不是用摄像机,我们很难发现这精彩的一幕。会是什么虫子呢?居然有这么美丽的向往,让孩子降生在花芯里。

同行的人都叫不出虫子的准确名字,一位林果系的老师说,北方很少见到这种虫子,不过产卵倒不稀奇,有很多虫子是靠分泌自身的气息寻找伴侣的。

难道这只虫子也在寻找伴侣?一路留下痕迹,就像人们一路走着一路呼唤，气息和声音就是方向，告诉相爱的另一个"我在这里"。

这真的很奇妙，如果这样寻找伴侣，那花瓣上的印痕就像是无字的情书啊。

真美，虫子实现了所有女人的梦想。它坐在花芯里，不停地释放和挥发自己，守望和等待所爱的人。

千百年来，中国的女人对爱情大多怀有一种不释怀。先是"三从四德"的囚禁，她们在媒妁之言的高墙中委委屈屈地绽放，忍受着男人三妻四妾自己独守空房的苦楚。现在男女平等，可以自由恋爱了，可爱情突然间也像自然生态一样被划分了品级。金钱爱情、权力爱情，比比皆是。"花芯里的虫子"对"花"的定义已然不尽相同。

那有了这么纯情梦想的虫子，一定也如花朵一般，有了绽放的时刻。

作家贾平凹喜欢在小说中把女人比作小兽，故事中那些小兽般的女人，或温婉贤淑，或火热尖利，都像坐在花芯里释放自己。人类似乎生来就是爱情虫子，家喻户晓的爱情神话中的人物梁山伯和祝英台就是那般，借鉴了虫子的爱情。梁祝最终化作蝴蝶，一种长着翅膀的美丽昆虫。

如果按人类的期盼，蝴蝶算得上是花芯里虫子的代表了。它们对花有一种特殊的依恋，总是绕着花飞，哪里有花就飞去哪里。就像，蝴蝶，是长了翅膀的花。

我曾拥有过一本画着美丽插图的神话故事书，其中有几页讲的是云南蝴蝶谷的传说。相传看管王母娘娘百花园的侍女小蝶，经常偷偷穿上王母娘娘的五彩衣来到凡间游玩，这一日，仙女在一个叫百花村的地方遇到了勤劳英俊的种花人，两人一见钟情私定终身在凡间过起了日子。

俗话说天上一日人间一年，一晃很多年过去了。这一日，王母听说凡间百花村一户花农培育出的花朵五彩缤纷，比天上的花都好看，便化身老妇下凡观赏。这一看就看出了端倪，分明是侍女偷了她的五彩衣施法，才使得花朵如此鲜艳。王母勃然大怒，不仅收回五彩衣，还把侍女变成一只丑陋的虫子，因在厚厚的茧里，永远不能见她所爱之人。

受侍女照顾的花儿们不忍心看到侍女变成这样，就用花瓣裹住那颗茧，用甘甜的花蜜滋养她。日复一日，侍女在花朵里不知沉睡了多少年，当她终于醒来，突然发现，身体里长出了两片美丽的花瓣，她一用力，两片花瓣立刻变成一对翅膀，帮助她挣脱了丑陋的外壳，飞了出来。

那痴情的种花人，因为遍寻不到心爱的人伤心欲绝，不久就去世了。他死后，埋葬他的地方长出一棵特别美丽的花，为了纪念种花人，村里人给这棵花取名"将离"。花开时，只见一只五彩斑斓的美丽昆虫，绕花舞蹈，朝生暮死不停不休，似在呼唤又似缠绵。看到的人都说，是小蝶回来了。于是人们把这翩翩起舞的虫子称为"蝶"。"将离"也叫芍药，蝶和芍药花，便成了恋人之间美好爱情的象征。

长了翅膀的花朵，便是花朵们的梦吧。

而在希腊神话中，蝴蝶却代表着蜕变与永恒。古希腊语中的蝴蝶一词，也可以翻译为灵魂，我觉得这个释义才恰如其分，渴望摆脱束缚，获得轻灵自由飞翔的，不正是每一个灵魂的向往？灵魂是通往梦想殿堂的使者，人类的翅膀就插在灵魂的身体上。

插上了翅膀，不管是灵魂之梦还是花朵之梦，都可以拥有一片天空。

花芯里的虫子令我陷入漫无边际的遐想，回来后翻遍昆虫辞典和相关书籍，还是没找到虫子的来历，却在无意中看到这样的文字：夏日黄昏，山涧草丛，灌木林间，常见有一盏盏悬挂在空中的小灯，像是与繁星争露，又像是对对情侣提灯夜游。如果你用小网，把"小灯"罩住，便会看到它是一种身披硬壳的小甲虫。由于它的腹部末端能发出点点荧光，人们给它起了个形象的名字——萤火虫。不同种类的萤火虫，闪光的节律变化并不完全一样。一种美国有的萤火虫，雄虫先有节律地发出闪光来，雌虫见到这种光信号后，才准确地闪光两秒钟，雄虫看到同种的光信号，就靠近它结为情侣。另有一种萤火虫，雌虫能以准确的时间间隔，发出"亮—灭，亮—灭"的信号，雄虫收到用灯语表达的悄悄话后，立刻发出"亮—灭，亮—灭"的灯语作为回答。信息一经沟通，它们便飞到一起共度良宵……

多么可爱的描述，就像一个人，一路走着一路呼唤，爱便是共同奔赴的明灯。

世间的事大多都会有个结局，那条花芯里的虫子也不例外。但结果是怎样的，我们也无从知晓。当果实挂满枝头，没有人还会想起那条曾经从花芯里走过的虫子。它自己呢，大概是不会在意这些的。它曾经在最美的地方停留过，这就足够了。

草 百 合

对花朵们来说，夏季使它们丰满，春天开始的童话终于进入叙事的章节。

万物都在经历初夏美妙的一天。窗外是灿烂的阳光和毛白杨迎风摇摆的绿叶子，看看周围，高大的杨树和低矮的灌木攀爬出层层叠叠的绿，手持鲜花的人们从眼前闪过，细碎地开在阳光里。看到鲜花时想起来，今天是母亲节了。

其实每年母亲节我都会买花送给母亲，选择康乃馨和白玫瑰，再配上一枚精致的卡片，签上父亲的名字，让花差送到家里去。

母亲是最喜欢鲜花的，她在自家的院子里种满了花，君子兰、牡丹、芍药、兰草、栀子……常见的、不常见的，名贵的或被人抛弃在路边的野花，都把它们带回家种上，各种花在母亲的呵护下开得异常娇艳。生存和生活环境把母亲锻造成了铁娘子一样的女人，但在每天的辛劳与忙碌中，她却固执地保留着这个爱好，从本来就少的休息时间里挤出时间，给了她的花草。

也许每个女人都作为花朵盛开过，也都做过花儿般的梦，那便是她们灵魂中最柔软的一部分，作为少女的那部分。就像母亲沉醉在花丛中的样子——一朵花，睡在更多花的梦中。

但父亲木讷厚道，他从不帮母亲打理花草，也没给母亲买过花。在我的记忆里，他没有给过母亲一个女人期待中的浪漫。还记得在我很小的时候，外面下着泼天的大雨，母亲央求父亲："我骑自行车不能打伞，你骑车送我一段路吧。"父亲用不容置疑的口吻回绝了她："下这么大雨，我怎么驮你？你自己想办法。"随后，他穿上我家唯一的雨衣骑车走了。那天的母亲一定很受伤，我看到她打着伞，一个人走进大雨里，而我们家距离她工作的单位有十几里远。

因此，母亲收到鲜花时坚决不相信这是父亲送给她的。父亲也一再辩白："我怎么会花钱去买这么没用的东西。"

母亲先怀疑我，然后是弟弟。她理由充分地肯定着："你爸爸怎么会在母亲节给我送花？况且他从来不懂得生活的情趣。"

父亲涨红着脸极力分辩："情趣管什么用？能顶吃还是能顶喝？"

也就只有两句话，他们的争吵就结束了。母亲会把那只空置许久的大花瓶搬出来，喜滋滋地把花摆进卧室。花能在母亲的呵护下开很长时间。

不知道从什么时候开始，突然发现收到花时母亲不再追问，父亲也不再辩解。有花差送花上门，母亲喜滋滋收了，父亲紧跟着搬出大花瓶倒上半瓶清水,帮母亲把花插进花瓶里。终于有一次,父亲神神秘秘地把我拉到一旁悄悄地说:"这花一定很贵吧,我给你钱,算是我送给你妈的。"

父亲说得迟疑而羞涩,但他的态度却明确地告诉了我,鲜花真的能赋予一切事物美丽的期待,沉睡着的终将苏醒。

花总能带给我超乎寻常的精神暗示,身体不健康的时候,精神萎靡的时候,甚至寒冷和阴雨的时候我便喜欢去花店坐坐,去看那些色彩鲜艳的花,它们沉睡、苏醒,然后盛开。

花朵们并不知道它们给人类带来了这么多冥想,它们只在自己的四季绽放、凋零,自然万物从不迁就任何人的思想。

母亲节,花店自然生意火爆,今天的主角康乃馨和香水百合全部卖光。

"只剩下这些草百合还新鲜,刚从保温车上卸下来。"见我走进花店,老板热情招呼着,指着墙角一只红色塑料桶。那里插着一大束草百合,还没从低温的休眠中苏醒,嫩绿的叶子和茎秆儿上挂着水汽。没有一朵开放的,它们含着苞,藏着美丽的面容。

它们不谙世事的样子,多像曾经的女孩儿们,多像母亲那远去的梦。

我无比欣喜地想象着一株株草百合从沉睡到苏醒的过程,它们在阳光里懒洋洋地伸展枝叶,花瓣一片片打开,甚至它们的骨骼发出伸展时细小的咯吱咯吱的声音。是的,只要有所期待,沉睡着的一切终将苏醒并开出花朵。

我坚决地选择了这些含着苞的草百合。二十四支。十二支给自己，另外十二支插进了母亲的花瓶。

三天后，草百合橘红和柠檬黄的花朵占据了我家垂着白色窗纱的那方角落，它们的花瓣微微向下卷曲，花芯里有着褐色的小小斑点。不同于香水百合的恬静，它们是俏皮生动的。早晨的阳光照在它们身上，像刚把它们从梦中唤醒，在玻璃花瓶中，在清水里，对镜梳妆。

干　　花

办公室的窗台上放着一瓶干花，我自己做的，由满天星、红玫瑰、白玫瑰和香水百合组成。工艺也简单，在花朵快枯萎时把它们的枝茎用纸裹成一束，再悬挂晾干，就这样，花朵保留着开花的样子和颜色，成了永久的花朵。

这是收藏者的魔法，将美好封存。留在记忆里的时光会让拥有它的人重新闻到它们蓬勃的香气，回到动人心弦的盛开时刻。我一直觉得，这是花朵另一种形式的绽放。

收藏了，便能永远存在，这是收藏者的执念。全然不去理会藏品是愿意零落成泥碾作尘，来一遍循环往复的生死呢，还是被做成一块记忆的标本，永远伫立在过去。我时常在矛盾的自我博弈中产生这样的猜测：也许花朵们怨恨着我的自私。说不定在夜晚，我离开的大段时光中，它们发出骨骼收缩的呻吟。甚至推搡着，力图帮助一朵花死去。因为有一个早晨当我推开门，居然看到摆放干花的窗台上落满了花瓣，一朵花秃得只剩下一根干巴巴的枝子，生硬地插在花朵们的队伍里。月光是轻的，不可能砸落一片花瓣，而风在关闭了窗户的房间里也只能一缕一缕挤进来，它们都不能伤害一朵花。

这样的想法令人不安，真相只剩下一个了：干花并不等于永久的花朵，岁月正在逐渐褪去它们的颜色，纯白的黄了，鲜红的锈了，随着越来越陈旧，干花更像一场人为制造的事故。

万物本该遵循自然规律，绽放和凋零是极其自然的事，勉强留下又有什么意义呢？我问自己。但很快便得到类似借口的答案：这瓶干花已经存在很久了，犹如一个人或一段回忆，一直都在那里，虽然没有了初见时的新鲜和惊喜，但我已经习惯了它的存在，习惯了这个位置是它的。甚至在做完工作，习惯性地望向窗外时，眼睛的余光从它身上扫过，哦，真好，它依然在那儿，陪着我走过了许多光阴和岁月。这默默的陪伴多么令人心安。

如果它不在那儿了，空出来的位置怎么办？到底是该选择接受岁月的刷新还是紧抓着回忆不放？这样的选择题，就算放在现实生活中，人的心也未必能轻易给出答案。

也许正是因为这样的原因，我喜欢制作干花，除了做成成束的插在瓶中，还喜欢把花瓣夹在书或笔记本里，权当一片清香的书签了。有一次发现一本陈旧的笔记本，里面夹满了大丽花的花瓣。红褐色饱满的大丽花瓣已经被夹得变成了一片薄薄的淡紫色轻纱。花瓣干了，记忆却无比鲜活地涌现，蓦然记起那处种满了大丽花的院子。

那是我在一个村采访时发现的院子。还记得当时推开木栅栏门，眼前一片汹涌盛开的红色、粉色、黄色的大丽花令人惊艳。大丽花开满了庭院，花前，满头白发的老汉坐在轮椅上，他的老伴儿正把开到最满的花朵剪下来，撕开花瓣，晾晒到一张席子上。

大丽花是学名，当地人把这种花叫作白薯花，大概因为花的根茎和地里栽种的白薯相似。农民对事物的命名简单直接，形状乃至特点秉性，都可以成为两种不同事物之间想当然的关联。拥有这样一个朴实名字的花朵种在一户普通的农家院似乎再合适不过了，但它的花朵却和名字的朴拙不同，花朵如牡丹那般大，细长椭圆的花瓣一层包裹着一层，层层叠叠，放射状排列、怒放。那花朵，虽无牡丹的雍容，却比牡丹果决鲜艳。虽无菊花的清雅，却比菊花饱满、热烈，似一个个身穿鲜艳斗篷的江湖女侠。不是庙堂之花，也不是案几之花，那就是最佳的院落之花吧。

把大丽花种满院子完全是因为老汉的病。他们不知道从哪儿讨得一个偏方，用大丽花的花瓣混合中药煎煮成汤，有助于治疗老汉的风湿病。于是她种了一院子的大丽花，在花朵开到最美丽饱满时剪下，晾干，再入药。刚开始，老汉身上的痛痒居然真的减轻了，她相信是大丽花发挥了作用，于是把院子里本来种着的蔬果玉米全部清走，连带着房前屋后，边边角角，全都种上了大丽花。花朵盛开的季节，蜂绕蝶舞。花朵们簇拥着推搡着,站立其中,竟然有如梦境一般绚丽,让人不由自主心生欢喜。

我就是那个时候被梦境般的盛开带来的欢喜打动,摘了几片大丽花的花瓣夹在笔记本里。

老太太也和我一样,晾晒之余,把一整朵大丽花夹在一个旧相框里,摆在柜子上。她说花瓣都要晾干入药的,她留下一朵,做个纪念。介绍相框里这张独特的"相片"时,她脸上堆满柔软的笑意,像端详着一个美梦抑或一个美好的未来。她是远近闻名的刺绣能手,一双手,不知创造过多少美。那些绣品曾和这座小城的皮影一起作为非物质文化遗产远赴法国、德国展出。但重新端详被花汁染成黑紫色的双手,她的眉眼间立刻染上了一层愁苦,整个人也流淌着悲伤。老汉的病情又严重了,大丽花的花瓣越来越多地加进药里,就算每一朵花都是一个祝福,他吃下那么多,也该有点儿起色了吧。如果再不给她点儿希望,她就要把那些大丽花都砍了,扔了。

她急躁的抱怨令人慌张,老汉却笑着安慰我:"不会的,她知道我喜欢这花,她才舍不得砍了、扔了呢。"

见她这样,我便劝她,还是把老汉送到医院去吧,毕竟偏方的来源和功效也没经科学证明,还是医院更令人信任。我还对她说,如果有需要帮忙的地方可以来电视台找我,我有一些医院的朋友。

没想到不到一个月,她真的出现在我办公室门口,手上还沾着大丽花的汁水。她一把抓住我的手,哽咽着说,老汉不行了，又添了新病，医生说是脑出血，手术后进了 ICU。她眼泪汪汪地哀求我："老头子一个人在里面孤孤单单，没有人在他身边，病房一天只能允许家属看一次。太孤单了，好像被人扔在街头上的老狗。你能不能找找人，让我进去亲自照顾？实在不行，就跟护士打声招呼，让我能时常进去看看也好哇。"

我很肯定地告诉她，医生和护士一定会照顾好每一个病人的，这是他们的工作职责。况且，ICU 是重症监护室，不允许家属进去完全是为了病人的生命考虑。

我知道劝是劝不好她的，便随她去了医院。为了让她放心，当着她的面找到朋友，托她找一找 ICU 的护士，一定好好照顾老汉。老太太这才终于收住了泪水。

其实朋友已经悄悄告诉了我，患者脑死亡，如今插着管子勉强留着一口气，管子一拔，人就没了。本来已经没有这样做的意义，这些情况，也都跟老太太讲得很清楚，但她执意要救，竟然给医生跪下来。每天一到探视时间，她就像变魔术一般变出一大篮子大丽花，非要拿进去给老汉闻闻。这样的行为自然被护士们阻拦下来，告诉她重症监护室里各种病患都有，一旦花粉过敏岂不是要了命？可老太太表面上答应得好，却暗自动起心思。遭到护士们的拦截后，她竟然把花藏在衣兜里，藏在装日用品的袋子里。还有一次，护士们看到她竟然从保温桶里变魔术一样变出几朵大丽花。没办法，医院只好对这位温顺老实却固执的老太太下了最后通牒，如果再这样，就取消她的探视权。

如此几番较量下来，护士们发现，老太太想出了绝招。她把两只手都揉上大丽花的汁水，把手放到老汉插着氧气管的鼻子旁边，趴在老汉耳边跟他说悄悄话。护士们都没了辙，总不能把老太太的两只手也给截获了吧。

转眼半个月过去，多处器官衰竭的老汉依然在呼吸机下维持着残破的呼吸。老太太早已负债累累，靠绣品赚来的积蓄已经花光，亲戚们也都借了个遍，村里为她组织了捐款，但也是杯水车薪。他们唯一的儿子幼年时就掉进河里淹死了，如今老汉又变成这样，老太太再一次向我哭诉着命运的艰辛。

她的话让我想起相框里那朵干花，也许她早就明白老汉的生命已无意义，坚持留着他，只是为了留住余生仅存的念想吧。我无法替她做出选择，只能目送她悲苦地走远，带着大丽花淡淡的香味。

和凋零不同，以前我总觉得干花是花朵们最接近睡眠的一种方式，就像永远在梦中，不会死去，也不会醒来。但真的不会死去吗？不会死去的似乎只有留在记忆里的香。

很多年后一次偶然的机会，我又顺路去看望了这位老太太，她家的院子里依然种满了大丽花，只是春风拂面，大丽花也才刚刚发芽。那朵夹在相框里的大丽花，还原样摆在柜子上，颜色已不如当初那么鲜艳。它旁边，摆着老汉的遗像。

我们谁也没有提起老汉，仿佛他从未在，又仿佛，他一直都在，只是睡在更多花的梦中。

窗　外

一

春天的蔷薇花将开未开时，在一个纯净、馨香的午后，耳边传来窗外巷子里两个年轻人的对话。

这里大概是他们能找到的最浪漫又隐秘的巷子。青砖围墙墙头攀缘的蔷薇花抛洒着落日细碎的光芒，对面一大片杨树林刚刚接受过一场春雨的洗礼，泥土和杨树叶都散发出淡淡的青草香。周遭的一切使这条巷子犹如桃花源般静谧、安宁。

两个年轻人在为爱情和现实争吵。城市男孩儿的父母为他在上海谋得了一份收入不菲的工作，而农村女孩儿已经考取了本地教师，她是独生女，父母亲人都在本地农村，不可能随他远走。两个年轻人诉说着各自无法战胜的理由，时而大声争吵，时而又抱头痛哭。终于，女孩子做出了选择，她说："我们分手吧。"

男孩儿捶得墙壁咚咚响，他发誓，去上海工作并不是他的本意，但父母已为此浪费了诸多心力物力，他是必须要走这一遭的。他让她等，等他赚多点儿钱回来找一份普通工作，就可以陪在她身边直到白头。或者，如果她不放心，他们先结婚也可以的。男孩子着急地拽着女孩儿："走，我们现在就去领证，我们先领证结婚我再去外地上班。"

女孩儿甩脱了他，更加悲戚愤怒地指责男孩子："你这是成熟的人该做的事吗？如果你们家人同意让咱俩结婚，怎么会去上海给你找工作。你怎么不好好想想？如果你去上海，我们就真的只能分手了。"说完她就嘤嘤地哭起来。

男孩儿安静了片刻，似乎于他也在经历着漫长的思考，他再次拥抱住女孩儿，哽咽着说："你等我回来好吗？最长三年，三年我就回来，我回来娶你过我们想过的生活。"

女孩儿大声说："不可能的，你出去了就不可能回来了，你父母怎么可能让你回来，再说上海那么大，什么女孩儿没有……"她的声音渐渐地从呜咽转为放声大哭，大声抱怨也转为高声质问，"你为什么不能留下来？你是让我在肉香中等待一粒米吗？让我在肉香中等待一粒米吗？"

可能女孩儿真是因为闻到了肉香而随口飙出这样一句话。因为我也闻到了肉香并在听到这句话时愣了愣，她知不知道自己提出了一个颇有哲学意味的问题？看看表，晚饭时间快到了，循着味道找去，看到从对门老张家油烟机里飘出来一股股淡蓝色轻烟，果然，那个贤惠的媳妇又在炖肉，厨房对着巷子，肉香就从窗口飘散到四处。

老张家的媳妇曾做过流水席的大厨，有一手炖肉的好手艺，因此她家常常炖肉。纯正的炖肉香味传遍整条巷子，引得我这种喜欢吃肉又不会炖肉的人直流口水。很多时候不得不使劲儿剁着案板上的青菜，以此平复对一锅炖肉的渴望和吃不到的遗憾。我惊奇地发现，越是愤怒地排斥，炖肉的香味儿越恒久。且香味儿用足够的自由向你炫耀，它可以迅速占领你的房子、你的鼻子，当你饥饿到极点的时候，也可以毫不费劲占据你的理想。

而且我发现，今天的我和巷子里那个女孩儿一样，都是在肉香中等待一粒米。

我饿了快一天了。家里缺粮少面，早晨便叮嘱去上班的爱人，下班时买一袋米带回家。可谁知中途计划有变，他下乡，承诺晚上带米回家。从午饭时我就盘算着弄点儿外卖吃吃？或者，干脆把这当作减肥的好机会。思来想去，感觉不吃也行，就借此无米下锅的机会强制减肥吧。于是就饿到了现在。

可是，承诺带米的人何时才能回家？

没人知道自己等待的东西何时才会出现，否则，等待就不能显示出它的漫长。当你的决心随着钟摆的嘀嗒声左右摇摆，等待终于展示出它摧毁意志的威力。等待的人开始心烦意乱，生气，绝望，无奈……一片阴云笼罩头顶。尤其是，让一个饿着肚子的人在肉香中等待一粒米。

女孩儿的比喻聪明又犀利，在蔷薇香味儿也无法弥盖的肉香里，男孩儿许诺的一切更像一个童话。

女孩儿开始讲述她知道的关于等待的爱情神话。"王宝钏等得够长了吧？等她的丈夫薛平贵等了十八年，终等来，他却已不是原来那个他。他成了王，娶了异国公主为妻。王宝钏原是相爷的女儿，薛平贵是个乞丐，就算她为爱放弃了高贵出身整天挖野菜吃，她等来了什么呢？"女孩儿问。

窗外，一场理想与现实的争吵还在继续。你能不能坚持？能不能为了最初的目标忍受即将遭遇的一切，包括诱惑？在女孩儿看来，等待，就是一个拥有无数条岔路的路，一旦开始奔袭，在他们所选择的这条路上就会分裂出成倍的岔路，选择等待的人将永远面临着一次又一次选择。

他们的话令我想起心理学中十块糖的故事。欧洲的心理学家把十几个陌生的孩子聚集在一间小黑屋里，每人发一块糖，并且告诉孩子们，如果手里的糖留到明天，就会再得到十块糖的奖励。如果把手里的糖吃掉，就可以走出小黑屋，但再没有糖吃了。一开始孩子们都在坚持，他们希望能得到额外的十块糖。五分钟过去了，有一个孩子很难抵御手里糖的诱惑，他率先吃了手里的糖，然后走出小屋。接着，有些孩子因为对小黑屋的恐惧也选择吃掉糖，走出小屋。十分钟，二十分钟，三十分钟，吃掉糖的孩子越来越多。剩下的孩子们忍受的不仅仅是手里随时可以吃到的糖的诱惑，还要忍受身边伙伴一个个减少所带来的孤独和恐惧。最后，小黑屋里只剩下一个孩子了，他在孤独、恐惧和对糖的渴望中坚持等到了第二天，他成功得到了另外十块糖。

这个问题的烧脑恰恰在于并没有正确答案，即便以得失为结果依然无解。而女孩儿正在求证这道题，她的亲人们也如欧洲的心理学家一样，一人一个答案。有人认为，如果一块糖的甜已足够让人快乐，为什么还要付出等待去要那十块糖？懂得把握住手里的快乐，才不会浪费人生。

也有人认为，吃掉手里的糖，走出屋子，可能会有更多的机会去挣到十块糖、二十块糖。就算会付出更多的时间和辛苦，就算未必能挣到十块糖，但你却拥有了更多自由的时间和经历。

当然还有人认为，等待的过程便是积蓄的过程，能在诱惑中等到最后的人，才是守得初心，方得始终。只有付出孤注一掷的勇气和胆量，才能实现自己的梦想，得到十倍的甜。

每一种选择，都代表了一种不同的人生态度，也必然会拥有不同的人生过程。

想必每一种选择的结局，便是等待的答案。可惜人生不是选择题，在漫长的时光中，不是所有的错路都可以从头再来。选择了等待，你等的那个人也许不再是最初的那个；你等的那个人也许永远不会回来；你等的那个人终于找到了你，从此圆满了。种种结局也只能承受其一。但如果不选择等待，就如同吃掉糖走出黑屋的孩子，有可能在时间的长河中自己赚到了十块糖，也有可能短暂的甜被消化完后过上了另一种寻找甜的艰难生活。

世间的道理总是很难用对错划分，一个想迅速吃掉手里的糖走出屋子，而另一个却坚持要为了更长久的甜等下去。

我明白女孩儿的担心，等糖的孩子知道糖就在那里，一定在那里，只要熬过漫长的等待就能得到。而感情的等待中，充满着那么多变数，它的结果是无法预知的。

争论永无止境，有人在等待中重生，有人被漫长的时间杀死。命运总喜欢对那些孤注一掷的人开玩笑却并不让他们提早知道一条路的终点。

盛大的春风吹拂着窗外的一切，生命在春风中做出了选择：枯萎的正在发芽，凋零的即将盛开，冬眠的已然苏醒……春天，是万物在一个冬天的等待后迎来的第一个生长的季节。

老张家飘出的肉香也在春风中招摇，一粒米的愿望越来越清晰迫切。我想不只是爱情，世间种种坚持和放弃，都是生命对活着的定义。没有对错，只有选择。正因无人知道自己等待的东西何时才会出现，所以选择的人选择的不是一个结果，而是一段未知的生命过程和人生道路。

正如盛大的春天一样，万物都在等待着春风带来无限新的开始。

二

这座城市的夏天是很少下雾的，雨水虽勤奋，但太阳猛烈，大地上蒸腾的水汽还没等成雾就消散了。所以，昨夜站在窗前，看见大雾从黑暗的某处举着一张大网，抡圆了，朝着天地万物撒来，竟然揉了揉眼睛，以为是错觉。

窗外一片杨树林只剩一团团淡墨般的影子，写着宾馆字样的老式灯箱招牌也像被层层纱布包起来，雾气给往日清晰的一切蒙上了一层滤镜。街道变成了升腾着水汽的河流，路灯像从天而降的不确定的消息，旅人的影子一团团突然从黑暗处涌出，又被光晕吞了进去。红红绿绿的光球模糊着他们，包裹着他们，并把他们带入更大的一片虚幻和未知中。

他们背上背的、肩上扛的、手上拎的，大体就是生活的重量了吧。我站在自家窗前，衡量着这个虚幻又庞大的概念。看客的感受总是与戏台上的人物不同，对他们来说，生活的重量会具体到手掌肩头勒出了多深的印痕，具体到这座异乡小城的浓雾将带来一个怎样的明天。

城是座古朴的老城，沿街的路灯也是最简单的样式，一个乳白色椭圆形的灯箱，橘黄色的灯光亮起来，像一柄透露着温暖光华的纸灯笼。窗外，当杨树高大的身体逐渐变成黑夜的一部分，路灯就亮起来了，把每一栋建筑都变成柠檬黄的颜色，而走出站台的陌生人，也仿佛顶着一盏人间烛火，走向他们的方向。

当然，偶尔的雨也会将想象妖魔化，窗外的夜晚正被融化、流淌。雨水中城市的倒影是诡异的，而旅人，都有着弯弯曲曲的线条，像留在窗户上的一幅铅笔画，一道道被时间溶解的水痕。

有一年夏天，我严重失眠，幻想随着夏日的烦热飞奔，就像茂盛的万物，思想也突然疯长起来。长久的失眠把我变成一个夜晚清醒的潜伏者，一个没有和黑夜达成一致的叛逆者。

某天傍晚，窗外的杨树林里突然飞落一只黑色的大鸟，站在枝头呱叫。一只大鸟，既不是喜鹊也不是乌鸦，没人知道它是一只什么鸟，也不知为何会飞到这里的杨树上。小区里的人都出来看这只大鸟，他们站在杨树下猜测，还有几个淘气的孩子捡起石子向鸟投去。鸟很蔑视地往更高的枝头走。再投，又往更深的叶子里藏。直到融进杨树里，孩子们再也找不到它了。

到了晚上，睡不着，便又去看窗外那只黑鸟。哪有什么鸟？只有杨树叶子在风中发出轻微的沙沙声。孩子们也很好奇，拿着手电去照，也没找到那只鸟。等到了第二天早晨，人们再去杨树那里寻找，见大黑鸟依然站在枝头，扑扇着黑色的翅膀，就像昨天夜晚，黑鸟变成了杨树叶子。又像这只黑鸟本就是夜空遗落的一部分黑，也许，是被月亮挤落下来的夜空的一部分。

黑鸟来了，我突然有了夜晚的同行者，我藏在人们的梦呓中，它隐身在窗外的杨树林。每一次树叶沙沙作响，就像它在抖动翅膀上的羽毛。它隐身在黑夜里，成为一个失眠的人无数幻想中最生动的一个。不知怎么的，在对黑鸟的无尽幻想中，我竟然睡着了。好像脑袋中所有的念头皆凝聚成了一只黑鸟，现在，由着它把这些念头送去了树林。从此我不再失眠。

黑鸟只来了三天，人们就再也找不到它的踪影，但孩子们仍会聚在树下，拿着小石子投向最茂盛的那一丛树叶，好像树叶真的是黑鸟的羽毛。

黑鸟已经消失很久很久了,孩子们却依然去那杨树下投石子,重复着在我看来无趣且无聊的游戏。而他们的母亲或祖父母们也重复着一样的责骂和追打。不知道他们还要重复多久,我突然有些厌烦。如果每天都是一样的,一天和一生有什么差别?很多次我站在窗口,看着相同的风景,会这样问自己。

但窗外竟因一场大雾有了不同的风景。我亲眼看到它漫卷而来,越来越浓。不是纱巾,不是轻音乐,而是牛奶。仿佛无尽的牛奶自天空倾倒,带着丝绸般的质感迅速弥合了天与地。越来越浓,越来越黏稠。没有了旅人和站台,车灯和路灯像是萤火虫尾巴上一点儿模糊的光晕,大杨树开出白棉花般的花朵。

浓雾流淌,像牛奶淹没了房子。我忍不住从窗口伸出手去,手很快被淹没了。我探出大半截身体,从窗户这个小小的洞口向世界交出我。我遍身流淌着牛奶,像一个正在融化的人。

那夜,因获得了大雾的经验,我变得与众不同。

三

虽不囚于一室,却与一方斗室朝夕相伴,房子有了呼吸,窗口的四季便成了人的四季。

窗外能见的,虽然总是相同的事物,却犹如一个旋转舞台，因四季变换，人物和故事的变幻有了不同的风景。人的四季便成了人间的四季。

最冷的秋雨到来时，杨树枝头还举着零星的黄叶子，但一夜之间就仿佛被冻在树上，突然的降温使深秋的雨水凝结成一层薄冰，黄树叶变成了琥珀，红色屋檐罩上了一层既像白霜又像水晶的闪光带，世界变成了童话里的水晶城。

用红砖堵上了临街窗户的孤独老人放出了他的鸽子，一群鸽子盘旋着，冲上瓦灰色天空。这群破冰而出的生灵，像在天空中擦黑板，擦着擦着，就向高远的天边遁去，但很快，在哨音的呼唤下，它们又俯冲回来，一架一架降落在老人的屋顶。咕噜，咕噜，不知它们在讲述着什么，也许老人能听懂，它们像他派往外面世界的侦察机。

街道也被一层薄薄的冰层覆盖着。人们还没从秋天金黄色的幻梦中回过神来，就被这个结冰的意外打了个措手不及，仿佛连汽车喇叭的鸣叫也在冰上打着滑。

还好我在轮休，不用上班。窗外，被冻得缩成一团，手提早点在冰上打着出溜的人；急匆匆一路小跑拽着孩子上学的人；小心翼翼战战兢兢推着煎饼摊前进的人，都被一层冰耽搁了速度，在与自然的对抗中发出小小的尖叫。

一个头戴着鸭舌帽的人把自行车蹬得飞快，他低估了冰的光滑，或是因无法推托的紧急事情忽略了路面上的危险，眼看着转弯处一辆三轮车侧滑直冲过来，骑自行车的人下意识地刹车躲避，冰上猛然被按住车轮的自行车瞬间向路边一棵树滑去，只听啪的一声响，自行车撞到树上后又弹了回来。这时我才看清，随着自行车滑出去的人没被摔向路面，而是一只手抱树、一条腿撑地，像一只姿势怪异的猴子贴在树上，鸭舌帽也不见了踪影。

发生了这样的事他终于没那么着急了，拽着三轮车不撒手，大呼着胳膊疼啊腿也疼。车站周围的出租车司机纷纷围过来，似乎在调解他们的纠纷。

我也有过在冰上暴摔的经历，也是在这附近，那天我穿着美丽的高跟鞋，高傲地走着。冰而已，我有信心稳稳当当走过去。正当我这样想的时候，脚下一出溜，身子往后倾斜，一个仰八叉摔在冰上。我满脸通红，哼都没来得及哼一声，一骨碌爬起来，赶紧走掉了。被狠狠摔过一次，才感觉到路面上冰的可怕，好像整条路都被冰控制着，它说摔你就摔你，说什么时候摔就什么时候摔。内心的恐惧不断增加，终于体会到如履薄冰的感觉。

恐怕骑自行车的人也和曾经的我一样，明知薄冰下面并没有足以将人覆灭的深渊，却因恐惧承受着如临深渊的压力。

生活中实在有太多这样的时刻，大无畏地冲上去，被摔疼了之后才突然明白，原来这薄冰中不仅有道路，也有令人鼻青脸肿的暗器。原本急不得，是需要慢慢走的。

数年前曾采访过一位母亲，身体残疾，丈夫重病后，三个儿子相继考上了大学。在没有经济来源的状况下，她靠捡破烂供养三个孩子读完大学，走上了工作岗位。那些如履薄冰的日子，受人白眼、遭人辱骂竟是常事。除了整日与垃圾为伍，她曾为了等一车废料几天几夜蹲在工厂门口，被当作小偷扭送到派出所。也曾为了抢一个塑料瓶、一个纸箱与人争执，被推倒在脏水里。当命运遭遇深渊，如履薄冰的道路反倒成了她最好的一条路。

摔倒有什么呢？爬起来继续走呗。

任何一条道路上都可能遭遇薄冰，有些是天地无常，有些是人为制造，却都要一点儿一点儿走下去。

就连人的心也可能暂时被冰封住，就像我的邻居，那位封了窗户的老人。据说他年轻时贪图玩乐去游荡四方抛弃了家人，上了年纪才回头，老伴儿却已经去世，儿女们也不肯登门。老头儿一气之下，就用红砖堵了门窗，决意要自己死在房子里。可有只鸽子误闯，也被他封到屋子里。当时正值秋高气爽，鸽群在蓝天冲刺，独落下这一只，在屋里孤单地拍打翅膀，不停呼唤伙伴。老头儿终是没忍心鸽子与他一起死，把窗户撬开。他最终放出鸽子，也放出了自己。

薄冰并不属于秋天，骤然降温只是秋天的意外。好在每一个收获的季节，人生经历也如满穗丰谷，沉甸甸挂满岁月的秧禾。如履薄冰的经历应该算得上秋天的一场意外收获吧。

如同这个戴鸭舌帽的男人。当人群散去，他捡起鸭舌帽重新戴上，推着自行车小心翼翼地在冰上走着。他先是沿着路边走，远远地躲着人，就像对面过来的每一个人都是定时炸弹。那样子，像一只笨拙的企鹅，既滑稽又好笑。

但太阳出来了，薄冰在逐渐融化，金黄色的秋天又开始了梦幻般的摇曳。戴鸭舌帽的男人尝试着踩了踩脚踏板，虽迟疑着，却还是跨上自行车，慢慢消失在人群中。

四

一场雪过后，天气更加寒冷，树木几乎在一夜之间落光了叶子，干枯错落的枝丫茫然裸露着。冬天来了，窗玻璃上结满冰花，植物们开始用另一种方式怀念森林。

炉火旁随手翻看日记，竟看到前几年冬天随手写下的一段，描写的也是窗外，同一时间，同一扇窗，景象和如今却大不相同。

"大街上的人都选择一种包裹抵御严寒，这让街道一下子臃肿起来。他们拖着圆滚滚的身体在铺满雪的大街上走，从上面看下去，简直就是一颗颗栗子，在奶粉里滚动。卖水果的小贩扯着嗓子的叫卖声，敲击着冬日的坚硬，像铁锤撞击铜锣的声音。他摊子上的柑橘，橙色饱满的身体在阳光的照耀下慵懒地滚动，仿佛向过往行人袒露暧昧的诱惑。不得不承认，它们的鲜亮使干枯的冬季生动了许多。"

如今，窗外卖水果的摊贩早就不见了，路更宽敞整洁，道路两侧栽着修剪成相同形状的灌木。街面上再无吆喝声，只能听到风在屋檐下游走，发出略显尖厉的"咿咿"吟诵。这个周身有刃的家伙，在朝着过往行人掷暗器。雪也被很快清理了，只在路边留下一行湿淋淋的水渍,仿佛一条街道漫长的往事,正融化。

窗外的冬天是凛冽的,保护不好,风的刀刃会刺进骨头里,疼痛一生。想起以往的冬天,家家准备一种护膝,皮革套着棉花,穿在关节部位,深受老少和室外做工的人喜欢。尤其20世纪80年代初,大街上有很多卖手工护膝的小贩。他们肩头扛着一根木杆,杆子上挑挂着各式各样的护膝,走街串巷地卖。如今走街串巷的小贩越来越少,偶尔有一两个依旧以这种方式卖护膝的,都是一些上了年纪的人,也只聚集在长途车站附近。护膝,反倒大部分卖给了外地人。

家乡这座小城,历史上融合了蒙古、匈奴、鲜卑、契丹等多民族文化,护膝这样的物什,就是传承了游牧民族的文化遗存。除了这些,当地还留下来许多先祖对抗严寒的经验。比如脱坯砖,他们用黄土掺上糯米汤,晒干后脱成一块块土坯,用这样的土坯盖房子搭炕不仅坚固耐用还防寒。尤其是土坯搭成的炕,就算夜晚炉火灭了,土坯还能将温度保留到第二天早晨,保温时间比砖更持久。

那时候冬天没啥事,农活儿做完了,长辈们便骗腿儿上炕,给孩子们讲故事听。据说村庄外面经常遇到冻昏的人,把人抬回来,有经验的长者就用一个大盆子盛来满满的雪,一把一把用雪在受冻的人身上来回搓,越搓越热,人就醒来了。可不能用热水去暖受了冻伤的人,要是把人浸在热水里,肉皮都会一块块掉下来,里面冷,外面热,冷热夹击,人也救不活了。我相信这样的故事定是真实发生过的,那时候的农民没有什么医疗知识,解决问题全凭着口口相传的经验。

没有什么事是大地上的物什解决不了的。老天爷让人活,早把一切物什准备好了。我爷爷经常这样说,他听他爷爷也经常这样说。

他们总是忘不了过去,而我们,也总是在记忆里重建着故乡。

现在,暖气、空调、燃气取暖,各种便捷先进设备解决了取暖问题,都可代替火炕,但生活在村庄里的父辈祖辈依然痴恋着与火炕相守相伴的生活。

前几天,一位朋友打来电话,急急地问下雪了没,元旦他们一家要回来看雪。还问我有没有小时候戴过的那种护膝,说这次回来不管多冷,他都要在外面游荡,他说那叫"与雪共舞,与寒冷谈判"。言谈中充满了欢乐。

虽然我常年生活在北方,却难以体会这种乐趣。难道仅仅是因为司空见惯的缘故?在北方,只有小孩子喜欢在寒冷中大笑着奔跑,在他们的眼里,每一季、每一天都有不一样的新鲜。我知道,时光在不变中蕴含着的变化,如同我们每时每刻都在迎接和告别不同的自己。

当窗外的杨树叶子发芽时,往外走的旅客多过回乡的人。而当茂盛浓密的杨树叶绿得像一块凝滞的翡翠,翡翠又变成橙红色的琥珀,夏天走了,秋天来了,宾馆门前的外地人就会多起来,他们是一些外地来的短工,身上头上时常沾满细碎的麦芒。冬天,杨树们落光了叶子,全城的树都落光了叶子,窗外已是一片干枯和寂静,背着行囊返乡的人就多了,他们用本地口音大声呼朋唤友,窗外的冬天又重新流动起来,有了鲜活的色彩。这细小的不同区分着庞大而相似的世界,如同细碎的小星星在浩瀚的星空闪着微光,照耀着平淡人生中小小的惊喜和失落。

而那隐身大千世界中的一扇扇窗,便是一个个摄影机镜头,一个个画框,一扇扇通向魔法世界的大门。窗户里人的命运和窗外世界万物的命运被生活这根纽带紧紧连接在一起。

有一年我操劳又颓废,家里住进了生病的老人,怕光,窗口整日拉着厚厚的土黄色窗帘,抬眼看到的总是一堵暖黄的墙。外面的世界消失在窗口,只剩下房间里明晃晃的柴米油盐,我像个被它们劝服的厨娘,终日系着围裙研究菜谱。有一天晚上,清冽的气息刺激着我的鼻子,忍不住打了两个喷嚏。我悄悄将窗帘掀开一角向外看,猛然间被久久不见的景象感动了——洁白的大地上反射着橙黄或者橘红色的灯光,雪花在夜空飞舞,从高远不知尽头的黑里被一把一把撒下来。我想起外婆讲过的故事,天上是有一棵雪花树的,到了冬天,花凋谢了,风把它的花瓣吹散,就落到人间,哪个孩子是听话的好孩子,哪个孩子就能看到它。

窗外还是那么美丽,有故事、有幻想、有树枝摇晃着人声,时而繁茂,时而凋敝,令人感到活着的真实和快乐。

那一刻我想,我从未被窗外的四季抛弃过。

诗人散文
SHIREN SANWEN

第二辑　让灵魂独自冒险

春 风 里

一

　　春风里是一条胡同的名字。
　　咳，实话实说吧，其实那条胡同也没有名字，春风里是我给那条胡同取的名字。
　　县城是座老城，曾是元代大将军那颜倴盏驻兵屯粮的地方。城北留有一座黄土堆筑的土墙，是元代的遗迹，被当地人称作北古城。以前，古城以北是河流，河流以北是一望无际的稻田。而古城以南，城镇和村庄胶合，高层建筑里穿插着低矮平房，城市面目不清，村庄更无界限，总之，北古城像个展开双臂的怀抱，把城市和农村的房子、市集、人，全都拢在了自己的怀里。
　　我说的胡同就在城南。城南有很多这样的胡同，两边两排低矮的平房，中间夹出一条甬路。那些路，有些是黄土压平了的，有些铺着柏油和石子。偏偏这样的一排排平房又很多，大概是一个家属区或村庄的聚合，于是，夹出来的胡同有了冗长而幽深的来处和去处。

除了笔直宽阔、直通大路的胡同，像这样的大部分胡同是没有名字的。虽然在我看来这些胡同都可以叫作道路，实际上它们也发挥着道路的作用，但就像，那么多毛细血管，也没有属于自己的名字。

那一年，干旱已久的老城迎来了第一场春雨，杏花开了，从某家墙头斜斜地探出胡同口，而胡同更深处已隔三岔五晕染着柳枝的新绿。因为非典防控和工作职责，也为了家人的安全考虑，新闻部的编采人员被安排吃住在办公大楼。宿舍是办公室改造的，每天载我们采访的车变成了疾控中心的救护车，记者的工作服变成了防护服。除了完成任务量巨大的采访和播出，一天里我们还要测量三次体温，定时登记在一本册子上。册子挂在楼道的墙上，是一本黄色牛皮纸封面的笔记本。它挂在那儿，像一小块鹅黄色的秘密，藏着我们的温度和心跳。

那时，我们对传染病的了解还很少，也有些性命攸关的恐慌。不久前，城里辗转回来的两个生意人发烧了，曾到过疫区。新闻部张主任和老记者赵哥抢走了采访任务。我还清楚地记得，他们两人穿上防护服，跟大家挥手，带着一股少年般的热血与豪情。就在那个阳光灿烂得近乎悲壮的清晨，我站在办公楼的窗口发呆，突然听到一阵清脆的自行车铃声。这才发现，我站立的窗口，正对着一条不知尽头是哪里的胡同，一个少年骑着自行车从胡同深处疾驰而来，风吹动他的短发，蓬松、飞扬，清晨的阳光像一场细雨，从他的头顶披散。他戴着白口罩，头微微仰着，似乎在享受柳条轻抚，又似乎在倾听清晨的鸟鸣。忽然，他撒开车把，大大张开着双臂，像一只从胡同深处飞出来的鸟儿，春风和阳光在他怀里飞舞，自由和理想在他怀里飞舞。

以后日子里的大部分清晨，我都会选择在窗口站一会儿，水泥灰的胡同依旧幽深，向神秘的暗处蜿蜒，阳光沿着某户人家的墙头一点点攀爬，直到覆盖整条胡同。我猜测着胡同的去向，相信这不是一条死胡同。它的尽头必然有一团喧哗，开阔的阳光铺展在上面，人声、车声，都被揉成柔软的一团，那是生命的在处。有时候我想，所有的胡同，一旦被人走通，终会把它领向一条大路吧。越走越开阔，和南大街或建设路一样，路两侧竖立着塔形路灯，车流像密集的蜂群，又像悄然流动的大河，生命从不止歇。

少年隔三岔五的出现给我压抑的心带来了生动的期盼和猜想。他是去给人送饭的？自行车的车筐里常常堆放着锅盆或饭盒。他的家人都还好吧？在这个人人自危的春天，他们经历着什么，需要这个小小少年挺身而出每天往来穿梭在光阴里？春日越来越深，胡同越来越美，我心中的茫然和恐慌也似乎被一种单纯的美好清洗过。我的鼻子准确地剥离开浓重的消毒水味儿，空气中传来了青草翻开泥土的气息。而这条胡同，每日因少年的行程掀起小小的春风的旋涡，这里，俨然成为春风的源头。于是，胡同有了一个我心中的名字——春风里。

少年并不知道自己已经成了别人眼里的风景，他大胆、肆意、自由地在胡同里飞。伴随着一阵清脆的自行车铃声，从阳光里飞出来，从柳枝越来越浓的绿影里飞出来，从爆炸般盛开的杏花和丁香里飞出来，从我叫它"春风里"的胡同飞出来。

二

仿佛任何一条胡同都能飞出一个长着翅膀的少年。2020年春天，一个叫汪勇的年轻快递员像鸟儿一样冲出武汉二环外某个胡同口，他的眼前，春风在武汉的大街小巷穿行，草地加深了绿，枝头的花骨朵儿攥紧了爆炸前的拳头。就算疫情下武汉凌晨的街头空无一人，万物也不负季节，该落的已落，该开的要开。

从大年三十开始，年轻人已经连续二十多天没回过家了。有时是凌晨，有时是深夜，他从栖身的二环外快递仓库起身，穿过无数条胡同，冲进城市，冲向每一所向他发出求助信息的医院。他不仅自愿接送一线的医护人员回家，甚至还带动了一支由志愿者组成的队伍，重点解决一线医护人员吃、住、行和物资采购的问题。他们自豪地为自己命名——"医护服务队"。只是从帮助一个护士开始，这个平凡的快递员缔造了平民的传奇。

不知道为什么，从《新民周刊》看到这则报道时，多年前那个冲出胡同的少年和眼前照片中穿着白色防护服的身影总是重合,再一次让我确信,他们演绎的是相同的故事。他们冲出各自的胡同,在某一个路口交会,告诉我们,也许冲出来的只是一次对命运的挑战,是久居世俗的出逃,是难忘记忆的寻觅,是英雄情结的跟从……也许我们终其一生奋力冲出的只是自身的胡同,寻找的,不过是自己心中的"春风里"。

我没见过武汉的春天,记忆里只有武汉的秋天。

2016年前的秋天,在武汉,当晚宴结束,拐出那条冗长的胡同,雨也开始从天上飘下来。我执意要送朋友们穿过地下通道去坐地铁和公交,诗人黄沙子一再推辞,他腼腆安静,眼睛里含着少年般的执着。在雨里,他连连挥手,率先跑出雨伞的遮挡。他跑得轻盈,像小鸟从胡同里飞出去,身影消失在路尽头。随后,七七八八的人快乐地冲进小雨里,七七八八的雨点敲打着我们少年般的心。

那个胡同叫什么名字?问了好多当地人,他们也不知道。我也只记得那是一条建设中的胡同,胡同前半段两边是二层或三层的商铺,后半段用蓝色的围挡圈着。胡同口有一家服装店,名字叫"春风小筑"。我们躲进那家的围廊下避雨,服装店招牌一闪一闪的,雨滴落在上面,亮晶晶的像珍珠。

在武汉待了三天,几乎日日都在下雨。白天晴晚上雨,或者白天雨晚上晴,武汉的秋天在不停的晾晒与濡湿中翻过了一页又一页。而且那雨急来急走,有时只是瞬间的事。有一刻我甚至怀疑自己产生了幻觉,早晨蒙眬中惊醒,发现梧桐树叶上水珠映着灿烂的晨光,推窗看到马路上的湿还没散去,秋风的凉涸着水晕斜刮进屋里。呀,是昨夜下雨了吗?可我拼命记得,夜半醒来,还看见霓虹的光干燥地圈着蛋糕店下一小块地方,并没有雨水把光融化。入梦也不过个把钟头,细雨已经来过,又走了。

而东湖的桂花也在细雨中边谢边开,一树细碎的花朵,香气却如同点燃了炸药包,"砰"地撑开了周边的空气。

如今,我和所有人一样,记挂着远方这座因疫情留下过创伤的城市。生活在那里的朋友可安好?敲打过我的细雨是否还温润如初?曾留下我们少年般奔跑的胡同里还有一块写着"春风小筑"的招牌在暗夜闪光吗?桂花树下那对拍婚纱照的年轻人,还会不会扯起阔大的白纱裙袂,遮挡着亲吻?还有那处收割后的麦田,金黄的麦茬和衣着鲜艳的稻草人还在吗?我和诗人灯灯、唐果、琳子曾在那里模仿雀鸟的游戏,打滚、飞翔,仿佛找到失去已久的少年之心,找到了我们心中的"春风里"。

很长时间了,只有鸟鸣和风成为窗外最大的声响。而现在,春天来了,吹拂过武汉的春风也吹拂着我的古城,吹拂着全世界的每一座城市。

三

在一个临近春节的夜晚,我见证了一个男人与胡同的较量。陌生男人蹲在车站路胡同口的墙角,路灯把胡同照得半明半暗，男人在一处墙角的黑影里坐下来，点着了烟。

这条胡同算得上小城的老胡同，两边全是早期的厂矿公房，正在等待改造。低矮的平房里住着许多守着回忆不肯搬家的老人，经常从胡同里飘出只有老母亲们才能做出的饭菜的香味。

我观察男人很长时间了。之前，他一直沿着胡同走来走去，这引起了我的警惕。但他再没有更多的动作，反而像一尊周身裹着悲伤的雕塑，呆呆坐在墙角。眼看一个小时过去，我不断从窗户探头看，发现他一动也没动，始终在墙角坐着，身子蜷着，两条胳膊叠放在膝盖，头趴在胳膊上。冬天的夜晚冷冽深凉，他仿佛全然没有在意，只见那浓重的一团黑影，一动不动混在砖墙的黑影里，似乎是在与黑较劲，发誓要融进去，从此，谁也不能再把他识破。

而他对面，是城里新建的一处高层住宅小区，绿草红花、佳木香果已初现模样。每年春夏，洋槐垂青，蔷薇烂漫，青砖围墙外成了一块清幽美好的宝地，吸引一些年轻男女在墙角卿卿我我。到了晚上，楼墙外璀璨的装饰灯和一扇扇明亮的带着烟火气的窗户，繁星一般在暗夜里闪烁。男人有时抬头仰望那里，不知道在想什么。

夜越来越深，远处的镇子上，零星传来几声鞭炮的炸响。明天就大年三十，家家户户忙着打理自家的事，胡同里反倒没有人再往来走动，比平常寂寞了许多。

男人终于站起身，像最初那样耷拉着头在胡同里绕弯，指尖的烟火随着他的移动一闪一闪。他从这头走到那头，再从那头走回这头，影子像根形状奇怪的树枝，划拉着胡同里家家户户的门窗。就这样来来回回十几趟，也并没有如我所愿从胡同里走出去，终究又回到墙角，蹲在那团黑影里。

"咣当"一声，我听到有人家的铁门打开又合拢的声音，一对老夫妻出现在陌生男人身边。他们开始小声说话。不知道怎么就惹得男人激动起来，声音越来越大，语调也越来越激动，竟然哭出了声。我听到他愤怒地讲述被骗的经过，以至于现在欠下很多钱，房子也被拍卖给别人了。他奋斗了半辈子的家当，就在那儿。他指着对面繁华的小区。那里有一扇窗口的灯光曾属于他。

"就算死也要死在自己家里。"似乎一对老夫妻如父母般的关切询问终于令这个内心压抑悲伤的男人找到了缺口，他不仅肆意流泪放声哀号，还终于说出心中所想。他用手指着灯火斑斓处遥远而模糊的一点，仿佛在告诉全世界，他要去死在那里。

两位老人轻轻拍打着他的后背，像所有的老父亲、老母亲安慰不争气的儿子那样。待了一会儿，老妇人先走了，但不一会儿又回来，手里端着一盘热气腾腾的东西，也许是饺子吧，递给了男人。

胡同里相继传来开门的声音，又有几个人走出来，细碎杂乱的话语像刮起的一阵又一阵小旋风。人群包裹着他，男人的声音终于慢慢安静下来，像一条在岸上挣扎的鱼重又回到水里。

不知是风刮走了香椿树的枯叶还是风中又传来呜咽声，一阵窸窸窣窣之后,人群散去,胡同里终于彻底安静了。我相信,我担心的事再也不会发生。果然,陌生男人起身往胡同口走去,周边人家相继亮起的灯光照亮了胡同里的路,人间灯火孤单而坚定地涌向胡同口。

穿过胡同就是四通八达的车站路,不管往哪个方向都能走得通。

男人大概从未想过,或许走出胡同的那一刻,他已经找到了他的"春风里"。对这一切,造物主早有旨意——正是那些挣扎的时刻成就了我们。

而我的眼前,春天的故事还在继续。从金黄的连翘开始,窗外的花儿次第开放,越来越多的人走到街上,夕阳落处,卖豆腐的梆子声从巷口传来。我追寻着它穿过一条胡同,是育才小区唯一一条东西方向的胡同,胡同里曾缓慢移出过送葬的队伍,也曾雀跃奔出快乐的孩子。以往的四季里,有一家种的葫芦沿着屋顶废弃的网线攀爬,竟爬到了前一排人家的庭院。不仅沿着胡同结满了果实,在别人家庭院里也结了果实。人们从胡同穿过,像穿过了一条挂满风铃的隧道。锅碗瓢盆的碰撞声、热油的"嘶啦"声、流水声、孩啼声……如果这里上演着的是平凡的事,那世界上还有什么是伟大的交响?!

也许,这便是人间的"春风里"吧。

这方水土的甘甜

一

绕宝塔，过延川，车子走在去延长县的路上。

山路已不是单纯的山路，高速公路、快速路、村村通的水泥路，过桥穿山，从两侧杂林茂盛的深绿中钻进隧道，再钻出来时，眼前就换了天地。沿途的山上盘着一层层绿色梯田，眼见着初秋的风穿过豁亮的坡地，绿色波浪一层层拥挤着旅人的眼睛，想象中的黄土高原顿时温柔起来。

据说这些梯田的所属地史家沟村，家家开山辟田种红薯。单是被称作红薯菜的红薯秧子，趁鲜嫩送进超市，一小把儿就卖到四块钱左右。现在红薯菜正在开花，淡紫色的小花儿在绿色的波涛中起伏，是平凡的波澜中一些亮眼的小浪花。而秧苗扎根的地方，一座座微微隆起的黄土堆，那是红薯正在成长，果实埋在黄土里。

这样的路途让人踏实。大地上散落的人群，无不走在开花结果的路上,在平凡的日子里折腾出点儿难忘的浪花。

下了横跨山谷的高速桥,蓦然看到一条黄龙般的大水从峡谷冲出,逼得两侧的高山向后退让,临河的山石呈现出窗帘般竖曲的皱褶,一座大山像拉窗帘一样把自己拉开了。

黄河就在眼前。

高山不得不为大河让路,仿佛这条气势恢宏的河就为劈山而来。奔驰的黄河水刚刚穿过一座不知名的峡谷,路也突然沿河水分岔,四通八达的道路就像黄河流向陆地的一条条支流。人在路上,拐着拐着,看到了村庄。看到了半山腰废弃的窑洞,路旁崭新的农舍,青砖围成的庭院。看到了菜园子里操劳的农民、石磨、静卧的驴子。猛然惊醒,一条新的大河已经把你带上了一条新的道路,一路跟随你的急促流水在此地变得沉缓安静,更加凝重起来。流到这儿,执意带着我们继续前进的这条强壮的河流已经不是黄河,它被叫作——延河。

延河,从靖边县周山起源,穿山过峁,在来到延安后,在宝塔山下拐了个直角弯,穿过延安,穿过延长,一路东去,义无反顾扑进黄河。

就是这么翻山越岭的一条路,就是这么静水流深的一条河,前方却突然平静开阔起来,高山敞开了怀抱,沿途的扫帚梅和大丽花开成了亲人的模样,熟悉的阳光中散发着熟悉的面团发酵的味道。让人真想俯下身去拥抱每一个人、每一缕风。

这时才明白，流水指引的道路，是情深义重的一条路。

二

这是我第一次来延安。

说来惭愧，我对延安的印象还停留在二十多年前的一个苹果。一个曾在陕北与关中交界处的某根枝条上摇摆过，又在绿皮火车千里迢迢的摇摆中，落到我手上的苹果。

苹果是一个纯正的山果，个儿小紧实，皮子半扇青红，上面生一层麻麻的小雀斑。我见过山里的野果，都长成这样。山风刮得凶，能把果子的皮皴出一道道小口子。在长久与山风的对峙中，大概山果们都练就了一身好本事，把皲裂的口子，结痂成一道道、一条条褐色的山水。高山落日，秋风入怀，那些执意要长大的果实，就这样在大风中跑着跑着，成熟了。

给我苹果的小华刚从延安回来。一个月前，我们在火车站为她和她的陕北男青年送行。他们相恋多年，这就要回到他的家乡——延安北部大山里的某个村庄，完成婚礼。

回乡的路程遥远而漫长，绿皮火车把他们载到一个站，毛驴车又把他们送到另一个站。有时，只有靠双脚走才能到达下一个站台。但迎面而来的，依然是黄土堆垒，枯黄的高山连绵无尽，秋风掀起的尘沙从天而降。

在这望不到头的行进中，陌生路途带来的风景一点点退去。周围山石坚硬，寸草难生，难得的平缓处开出几处窑洞，望过去黑乎乎的。她梦中飘着红绸的迎亲队伍呢？她的向日葵和羊群呢？生活在渤海岸边富庶小城的小华，再也忍不住，放声大哭。

归来的小华坐在我对面，讲述着这一切。

她讲起她的公公，那个苍老瘦弱的汉子，为了迎接她的到来，接连几天爬过两道沟去背水。

她讲起寡言的婆婆，从一口罐子舀出一点点水，让其他人使用。

她讲起带着全乡人的捐款走出大山的丈夫，婚后到每家窑洞还礼。

难忘的还有撕扯人心的告别，当小华和丈夫准备踏上归程，几乎全村人都聚在土窑门口。他们手上拿着生活中最珍贵的东西——红薯，野枣，苹果，小米，绣花鞋垫，粗布枕套……在"春播一袋谷，秋收一瓢粮"的贫困山村，他们捧来了他们的珍宝。

这样一种送行，不只包含着单纯的告别味道，反倒更像一种传承，像父母对两个离乡远走的孩子的托付、交接。好像捧出来交给两个年轻人的不是地里长出的作物，而是他们身上结出的果。

小华都收下了。想必最初，他们敲锣打鼓送出全村唯一的大学生时，也像送出他们一生的果实，这样隆重的仪式感，暖着人的心。我的朋友，在那一刻再也按捺不住心中的潮水，她向着他们深深鞠躬,从此,他们就是她的亲人,山背后的村庄就是她的家乡。

三

我终于来到了小华的这个家乡。

听同行者议论才知道,原来他们都和我一样,把延安想成了黄土色的。黄土的坡、梁、窑洞,浑身裹满了黄土的羊群,被高原的黄土和日头染成黑黑的村民。但他们也和我一样,看到的不是荒凉,是繁茂的绿意。更巧的是,刚下了车,一个个延安的苹果就递到了我们手上。

卖苹果的妇女姓雷,是延长县阿青村人。她脸庞黑红,笑起来,也像一颗熟透的果子,在树枝上灿烂。

阿青村村支部紧临一条敞阔的柏油路,是连接各市县的交通主路。因此,村支部在门前盖了两排结实的木亭,既可供村民候车、闲坐,又做了集贸地。平时,村民把自家生产的瓜果蔬菜拿来,卖给路过的旅行者,赚一笔小钱。像雷大姐,遇到好时机,一天能卖四五十斤苹果,赚二百块钱左右。

这就是如今小华代理销售的延安苹果啊,这红润饱满的苹果,水分十足,咬一口,酸甜适宜,甘美酥脆。

同行人中有一位林果专家,他细数苹果艰难的成长过程:

挖坑，栽苗，施肥，浇水，置防鼠网，埋堆，蒙膜；等到果树发芽，又要开始烦琐的刻芽，疏花，疏果，防霜冻，套袋，拉枝，环割，防雹；然后果实成熟。还要除袋、增色等几十道工序。国家的科技培训送到了贫困老区人们的身边，现在延安的果农人人都是科技能手了。我们听得目瞪口呆。

其实在来的路上，我们已经知道，延安高海拔，高光照，高温差，无污染，极适合苹果生长。阿青村建在塬上，群山环抱，曾是延安的贫困村之一。前几年来了一支科考队，他们测量后告诉村民，阿青村正处在冰雹带上。至此，村民们终于知道，为啥每年这么多雷雨冰雹，把他们辛苦一季种出的粮食和果树，全毁了。但只要治住了冰雹，阿青村也能和其他村庄一样，结出同样好吃的苹果。现在的阿青村，就是在国家扶贫政策的支持下，修路、办电、蓄水、架防雹网，成为延安三百八十万亩苹果种植版图上的一部分。

而今，延安的苹果让全国各地的人们品尝到了这方水土的甘甜。

"你们没想过搬去别的村生活？"

"咋能说走就走呢？祖祖辈辈都在这儿活着，啥样的地都得有人守，有人种。"

回答我的是阿青村的村主任。

旁边的雷大姐爽朗地笑起来："我还上赶着往这村奔呢。这村精神足，好多烈士的后代嘞。"

日子好过了，他们马上就在村支部选了一处窑洞，建起了村史馆，把烈士的遗照连同英雄事迹做成展板挂起来，供后人瞻仰怀念。我进去看了，窑洞是新式样的窑洞，是当年在此插队的北京知青们投资给村里盖的学校，整合教育资源后，村里的学生都去了新建的寄宿学校学习，这里便给了村支部。窑洞里除了悬挂烈士们的遗照，还挂着一面鲜红的党旗。紧挨着党旗的照片上，是阿青村村史上最年轻的党支部书记谭生煋。

如果重回20世纪30年代，这个叫谭生煋的年轻人还活着。他1927年入党，是早期中共党员。当年，他一边从事革命工作，一边带领群众开山辟田、垦荒种地。直到1936年夏天，敌军进攻延长，他在侦察敌情的过程中腿部中枪，被捕了。敌人酷刑折磨，他依然只字不供，慷慨就义，年仅三十岁。

阿青村有十六位革命烈士，如今他们的子孙，在他们点起熊熊火把的这片土地上，享受着国家反哺老区的产业政策、扶贫政策。在曾经受炮火和冰雹击打过的荒山上覆盖起电网、防雹网。果树终于能够长大、开花、结果，黄土坡变成了绿坡。如果烈士们还活着，他们所希望的就是现在老百姓正在过着的生活吧。

雷大姐还在笑着，催促我品尝手里的苹果。

对于我们认为很辛苦的果园作业，雷大姐却不以为意，在果农的生活里，这些繁复的工序已经成为日常生活的一部分。

如今，她家拥有二十亩果园，也算得上村里种苹果的大户。住的房子也从以前半山坡上几辈人传下来的旧式土窑搬到了紧邻公路的新房子。房子安着玻璃窗，用新瓦搭成粮仓状的屋顶，这样，到了雨季，屋子再也不用浸泡在雨水里。落在屋顶上的不管是暴雨还是冰雹，都能沿着屋顶滑向大地。

雷大姐说，这还不算是最好的房子，国家给出钱让退耕还林了，山上都种了树，到处绿油油的。环境变好了，村村都在搞新民居建设，附近村子有的村新民宿都建成了二层楼。她说着几个村庄的名字，"不过，我还是要留在这，守着我的苹果树。它们可是我的摇钱树。"她爽朗地笑了起来。

还记得二十年前送小华去延安的那天，我们拿着最大最红的苹果塞给她，希望婚礼时她能牢牢拿在手里，从此平安幸福。而此刻，在延安，我正沉浸在小华曾期望的画面中：长风十里，无边无际的苹果花漫过我们的身体，接着，果实在树枝上奔跑。

夏日午后

在我心里，曾以为上海是座活在贴画里的城市。这大概与我没去过上海，又看多了文艺作品中对旧上海的演绎有关。比如张爱玲白玫瑰般的黯然和高贵，八道院桂树上的清香，上海滩散发碎茉莉味儿的灯红酒绿，弄堂巷口烟火缭绕中透出来的洋……最早看到的一段关于上海的描写给我留下很深的印象，"老上海名流云集，你不能轻视任何人，也许在一个狭小的弄堂，随手敲开一扇风蚀斑驳的木门，出来的一位不起眼的白发老太太就是你找寻已久的某位王爷的后代或者某个消失多年的名流"。

20 世纪 90 年代末，县城有一家专卖上海货的日化品杂货铺，货架上摆满了上海的香皂、擦脸油、火柴、香水，它们的包装纸上印着各色妖娆的美女画像，美女们扎着发髻，穿着旗袍，据说是旧上海知名女星的画本，无一不透露着明媚张扬，我更坚信是一座城的气息把她们濡染成了这样。

堂弟大学毕业时坚持要去上海发展，成为浦东开发打工者大潮中的一员。也许电话里说不尽青春迷茫，居然千里迢迢写回一封信来，信里的上海变成了一条高速的光阴隧道，从他提着单薄的行囊走出开阔而喧闹的浦东机场开始，就被熙熙攘攘的人流裹挟着，以光阴穿梭般的速度流动。无轨电车、摩天大楼、工地上不舍昼夜的机器的喧响、黄浦江往来货轮的鸣叫……让他感觉自己变成了一枚小小的钢针，掉进了时间的旋涡。一直以为自己是有用之才的堂弟第一次有了无所适从的慌张，时间的快加大了他内心的空旷。直到二十年过去了，他已经从最初一枚在旋涡里悄无声息的钢针变成了上海这个大表盘上的秒针，嘀嗒嘀嗒，找到了自己的轨道和意义。

阿兰眼中的上海却与我们都不同，21世纪初，她随丈夫到上海某外企就职，与我谈起标志般的东方明珠高塔、金碧辉煌的香格里拉酒店、一个叫易初莲花的超市里标价不菲的进口水果、南京路上精明的外地生意人……在她面前，上海犹如一瓶充满魔法的华丽香水。她在电话里侃侃而谈，在香水瓶子上贴满机遇、发展、包容的标签。似乎无论中国人还是外国人，本地人还是外地人，上海就像一种黏合剂，一个大舞台，接纳不同肤色的人、不同地域的文化在这里碰撞，并很快被它融合、贯通，展现着一座国际大都市的魅力。

我却更加迷惑起来，一座城市像一个谜，在不同时代不同人给出的定义中，变幻着不同的容颜。也许这些都是上海的剪影，只是被不同人看到了不同的侧面吧。

直到 2008 年，我终于有机会去了上海，也终于有了属于自己的上海剪影。

在上海的日子我住在离福州路不远的地方。和南京路相比，福州路的喧嚣不像浮尘倒更像叶子簌簌从枝头落下，大概因为这里所有的商业店铺都和文化有关。

在上海，福州路算得上文化一条街，汇聚了各种书店及文化用品店上百家，上海著名十大标志性建筑之一的上海书城就坐落在这里。

有个定居在上海的朋友喜欢下午出门，谈生意、购物或游玩。他在上海待了十年，总感觉上海上午的时光很短暂。五月的午后，阳光还不怎么强烈，弄堂里三五成群聚集着打牌下棋的上海阿妈，购物的人去了南京路和城隍庙，游客们则拥向外滩，等着观赏那个金碧辉煌的夜上海。

朋友把车泊在距离福州路大约两公里的一个地下停车场，很多沪字头的车都停在那里。上海开埠前，福州路原是通向黄浦江的四条土路之一，后来报馆书局、茶楼戏院相继在这里创设，想必文化的纸墨沉香就是从那时开始浓郁起来。

去每座城市，有时间都要去逛书店，内心认为书店能代表一座城市对文化的认同。朋友却坚持认为，书哪里都有，但街头见明处，一座城市的文化是要在街头体会的。比如福州路，就必须要从头走到尾才算是品全了文化的韵味。于是一行人兴致勃勃地下车，一路步行，这才明白朋友所说不假，街头文化才是真正地回归了大众的文化。单说福州路街头那些商业店铺的招牌，俗话说做生意讲招牌，现代广告无不是用尽一切手段让你记住商家或者商品的名字罢了，这里则不然，店名并不全是那种醒目的大金字，反而做成各具特色的标志挂在店门口，让人一下子就记住了，产生走进去欣赏的欲望。

有一家卖笔墨纸砚的店铺，在一条胡同的拐弯处，位置并不好。但那家门口挂着一支足有两米高的毛笔，大到可以用来清扫福州路的积尘。一支硕大又沉厚的笔从半空中悬挂下来，惹得众人都忍不住走过去摸一摸，还有游客站在那儿拍照。见此，商家不失时机站到门口，向你推荐店里的商品。店铺反倒门庭若市起来，并没有因为位置偏影响了生意。

我发现在福州路，路旁卖同类商品的店铺不下几十家，家家门口悬挂着不同挂饰做成的招牌，各有特色，绝不重样，甚至连相仿的都没有，让人看一眼就记住了。似乎商家各有智慧，也不屑盗用别人的创意。虽然做生意的大部分是外地人，却也被一方土地的水土气韵浸润，生长出骨子里的清高。我倒是喜欢这种清高的，它使福州路有了矛盾的人性——在热闹世俗中多了些淡泊的感觉。

接连几天，我都来这里闲逛，每天午后一段时间，从路头走到路尾。路有些窄，两边高楼压得看不到天空，转的时间一长头就晕了，便选择进书店休息一会儿。

每一座书店的人都很多，尤其是上海书城。各门类书架间摆放着电脑，服务员站在电脑前，指点购书者查询。他们很耐心地帮忙查找，如果有需要，买书的人也可以等在收银处或端着一杯饮品坐在休闲椅上畅饮休憩，他们会帮你去拿你要买的书。当然，书店里也散落着另外一部分人，他们坐在台阶上或书架边，手里捧着喜欢的书读。而且纯粹就是读。仿佛只为了这里浓厚的书卷气，专门到这儿来读书。

有一次我看到两位头发花白的老人，是一对夫妇，他们手里拿着放大镜，在一排排书架前耐心地寻找。我提醒他们可以去寻求服务员帮助，他们微笑着拒绝了。只见他们边继续翻找架上的书边悄笑着耳语，怡然自得，突然明白，原来寻找的过程竟藏着一种快乐，除了漫长找寻后终于找到目标的快乐，还有意外之喜，突然在书堆中找到了他们向往已久的一本。

就是一间书店，一些普通人的生活，多么日常的上海啊，不是贴画中的上海，也不是摩天大厦和高速运转的国际都市，这里，更像是许许多多普通人的家园。

每次从书店绕出来，不自觉就想喝杯奶茶。福州路西侧有一家简陋的奶茶摊，正对着上海书城，主人是一位跛脚的青年男子，还有一位妇女，终日坐在一台不锈钢手动盘边机后面。有人去买奶茶，她就伸出手，左手麻利地从身侧桶里拿了纸杯，右手从一个大号暖水瓶中倒出奶茶，加了柠檬片儿，冰块儿和黑珍珠，再用盘边机将杯子封了口儿，交给人家。她低着头,又有机器掩着,只看到飞舞的两只手流畅迅捷地摆动,仿若表演。第一次看到我就看呆了,接连几次,便很好奇这位女子的容貌,脑袋里浮起上海故事提到的某些片断,幻想也从嘈杂街头现出这位上海女子柔媚的腰身和细白的脸庞。

去的次数多了,简陋的奶茶摊便成了我的"根据地"。像任何一位悠闲的游客,坐在黄昏的斜阳下,喝着奶茶,想象着做奶茶的女子,看对面高峻的上海书城出出进进的男女仿佛一个个符号,瞬间被一整片虚无的光芒掩盖,这奶茶喝着喝着就喝出了另一种滋味。是薄荷,又像茉莉花,或者根本就是两者混合的味道,一口下去,凉凉的,从舌根一直爽到心里。

有一天喝奶茶的人少了一些,我终于看到女子站起身来,脸庞是白细的,身子却比想象中更瘦弱,女人咿咿呀呀比画着,鼻子、眼睛、嘴、手都在动,好像要用所有能做出表情的器官来表达她的含义,男人只是诺诺地点头,然后竖起大拇指肯定着。我看不懂他们的意思,仿佛一场手影戏中茫然的观众,还没等入戏,他们的表演就结束了。原来,如奶茶一般美好的女子竟是个哑巴。

过了一会儿,男人转身进屋,再出来时手里多了一块白色硬纸板。他用一支水彩笔在硬纸板上写下几个大字,走到机器后面拿给女人看。显然是得到了女子认可,男人把那块纸板挂在奶茶摊前。我走过去看,纸板上写着几个蓝色的大字,新推出奶茶系列:夏日午后,每杯三元。

恍若薄荷的清香四溢，福州路朗朗地阔展起来。走出很远我还能听到那醇厚男中音的吆喝：夏日午后奶茶一杯……

他们为自家奶茶取了一个好听的名字——"夏日午后"。

回到住处，我对朋友说："今天，我听到了上海最浪漫的叫卖声。"

如今十几年过去，我没再去过上海，据说现在的上海城市建设更加国际化，各种新科技、新产品、新设施、新风景令人目不暇接，但我却依然怀念着弄堂口闲坐打牌的大爷大妈；文化商店门前悬挂的各具特色的招牌；书店里静坐在台阶上的读书人；还有，奶茶摊前醇厚的吆喝声——"夏日午后奶茶一杯……"

那样的上海，有着平凡的人们最美的剪影。

途中有风沙

我是个惧怕风沙的人。

说惧怕一点儿也不过分，我家附近围绕大片乡村农田，多数是沙土地。一年下来，不知要有几场大大小小台风的余波擦着小城的边缘卷过去。小小的蝴蝶翅膀一呼扇，万亩沙尘便掀起巨浪，落到我的生活里，就变成窗外大风抽打万物发出野狼般的号叫，室内任何一处角落都被一层黄沙覆盖。假如光脚踩到地板上，脚心能感受到沙砾粗涩的撕咬。沙砾不仅磨着脚心，也磨着日渐干燥的我的心，在漫长时日的喂养下，与光阴抗衡的念想陡然变成了与风沙的战争。仿佛自己与自己较劲一般，咬牙咒骂着，驱动吸尘器和清水。

其实有什么呢？不过是一层薄薄的黄沙，怎么就把人心变得干涸起来？自问之余却真实地感受到清理完沙尘暴的残局后，那种从头顶到脚底的清爽，简直像清扫了一次灵魂的碎屑。

而命运中更多的沙尘，正在我们与时光的对抗中一次次发起宿命般的围剿。

途　　中

我感到了绵延不尽的风的力量。

在路上时我想，我们是带着理想去往目的地的人，除了命运，还有什么能在理想之上飞奔？

但风沙很快从我们的车顶掠过，在八达岭高速公路，我们以一百二十迈的速度遭遇了一群长着飞毛腿的风沙。它们携带着占领世界的大理想和比我们更恶劣的习惯，逆着人，在我们车顶上跑，从我们的缝隙中穿行。它们在车窗外发出狼一样的嚎叫。只有拥有大力量的人才能肆意地叫喊。现在我明白，风是拥有大力量的人，它们在移动一座山。

车里很闷，但风沙已完全吓退了我想打开车窗透气的欲望。如此形势下与风沙正面交锋，说不定我的长发会在头顶根根直立，甚至满脸都被细小的褐色沙砾覆盖。交战的结果无非就是我败下阵来，变成一只挂在土墙上的西葫芦，衰老松弛。我讨厌以失去面目和美为代价的作战。衡量之后终于做了一回聪明人，保持头发顺直地坐在车里，以保证到达目的地前不会面目全非。也终于做了一回俗恶之人，停止与风沙交战，向不可抵达妥协，并说服自己相信，它们是大自然发动的不可逆转之力。

一句话概括那日我的感受：风沙悬浮在天，我们在地面爬行。

这是去往张家口市宣化区途中,参加即将举行的河北省首届青年诗会。

在许多人眼里,诗人们无疑都活在理想之中。即便他们也有一地鸡毛的生活,但那鸡毛也会被诗人扎成鸡毛掸子,高举着,成为这个群体与众不同的精神特质和审美装饰。似乎诗人不该与世俗有关,当然,可能也不是正常人。我曾极力辩白过,诗人并不是一个神秘的种群,写诗只是一种普通的爱好而已。痴迷垂钓的人,爱打牌的人,喜欢找一个开阔无人之地高歌一曲的人,都潜伏在人群中间,努力生活,毫无破绽。诗人不过是另一群和他们一样的潜伏者。但几乎没人相信。似乎诗人只能是一则埋在人群中的台风信息,随时都可能带来一场出人意料的风沙。

因此,有了诗会名义的聚会真是令人兴奋,暗含着一只蚂蚁找到蚁群的快乐和心安。大概这世上有许多和我们一样的"蚂蚁"吧。不一定是诗人,可能是某个孤单的垂钓者、激昂的赛车手或多情的电影迷。也可能就是一个爱上绘画、歌唱或跳舞的中年农妇。孤单的人那么多,他们需要的不过是找到真正的同类。即便途中有风沙,当有这样一条路出现,我相信他们也会和我们一样,上路了。

有了这样的体会,在后来许多个与此时相似的去路和归途中,在这样神往的奔赴中,我甚至会早早预约一场风沙。刮吧,像鞭子一样驱赶和抽打吧,无此,便无以证明选择的道路是对灵魂方向的再次确认!

风沙算什么呢?最多是天地交流时一场小小的暴动。后来诗人张非在他的诗歌中写道:从唐山到宣化是680里/我们四个,像四个爱学习的好学生/乘坐着四块橡皮,一路如飞/并把留下的痕迹一米一米擦去。

但我们都知道,能擦去痕迹的只有风沙,它连岁月都能刮平了,掩埋了。风沙和大山站在高处看着我们,它们的俯瞰立刻把我们变得愈加渺小。

在几平方米的车厢里,我们感受着逆风给车带来的阻力和摇晃,但快乐是抵达的捷径。途中不仅有风沙,还有人们奔赴理想之地的欢乐,他们开始大声讨论流行歌曲和电影,讨论导演、演员和他们被切掉的某个争议镜头。甚至男人们终于在女人的话题上找到了共同点,他们笑得颠簸起来,车像一个簸箕,一路簸着从他们嘴里迸出来的豆粒儿。

在我们前进的路途中,在风沙里,因对理想的靠近,高速的高演变成高兴的高,人人心中都笑得露出了白牙齿。

除了笑,不知道还有什么武器可以抵御逆风而行的艰难和越来越严重的耳鸣心慌。车里空调开的时间久了就很凉,但谁也没有勇气打开车窗,开一点儿小缝隙就能听到万兽奔腾的声音,风在满世界贴告示。

沿途的一切都与风沙扯上了关系。车过一湾碧水,突然看到旷野里伫立的巨大风车,风牵扯着它,它分割着风,风急它就急,风缓它就缓,完美体现着顺其自然的哲学原理。远远望去,风车三片巨大的针形扇叶,像极了钟表的时针、分针和秒针,连转动中带来的消逝感都有着可怕的相似。仿佛风车就是上帝的钟表,时针、分针、秒针就像上帝的手指,每一下转动都暗含着命运的旨意。现在,铺天盖地的光芒笼罩着它们,一条通向天边的路正在风沙中越来越清晰。我看见风沙背后、旷野深处,白云堆成了雪山,羊群静卧在秋风里,被草爱抚,被草埋葬。

脑海中突然浮现出杨键的诗:

> 一只小野鸭在冬日的湖面上
> 孤单、稚嫩地叫着
> 我也坐在冰冷的石凳上
> 孤单、稚嫩地望着湖水。
>
> 如果我们知道自己就是两只绵羊
> 正走在去屠宰的路上
> 我会哭泣,你也会哭泣
> 在这浮世上。

如此相似,在命运的屠刀下,我们就是小野鸭,我们也是绵羊,万物演绎着相同的命运。

碧水在绵羊们的眼睛里绿,万顷波纹倒映着风车的影子也在绵羊们的眼睛里转动。风把风车的影子刮出去很远，但影子却没有折断。风车的影子是柔软的，任何事物的影子都是柔软的。这一切，被我们和绵羊共同看见了。

查了导航才知道，风车围绕中的一潭碧水，便是官厅水库，是北京饮水的主要来源。风沙刮到这里，遇到一顷水波，多多少少卸下点儿沙尘，减缓了速度。

对我来说，"官厅"这个名字太熟悉了，却和水库无关，是四十多年前一种香烟的品牌。外公最喜欢抽这个牌子的香烟，我经常拿着块儿八毛去村里的代销点帮他买。那时，代销点青砖石垒成的柜台上通常摊放着旱烟叶子，走近了便闻到一股呛鼻子的辣味儿。而黄盒子的官厅香烟则整齐地码放在货架上，拿一盒，放到鼻子下闻一闻，烟草有一股淡淡的清香。我喜欢做这样的事，外公每次都会多给我一点儿钱，买烟剩下了，还够买一块花花绿绿糖纸包裹的水果糖。

母亲是国企干部，有工资，每个月都能寄钱给外公，因此他总是比别人更骄傲地夹着官厅牌香烟蹲在代销点的墙根下。和他年纪差不多的人，扯出一张裁成长条形的纸，卷着旱烟。旱烟的烟叶子有些来自集市，有些取自自家院子。他们人手一个烟包，形状类似现在的香囊，只是更大更粗糙，掖在裤腰里，想抽的时候摘下来，从里面抓出些干巴树叶子一样的烟叶，放在掌心里搓一搓，再均匀撒在长条形纸上，卷成烟卷的形状。

我不喜欢旱烟的味道，但我喜欢学他们卷烟的样子，搓细了的烟末一缕缕均匀撒在纸上，再从一角卷起，卷成一个锥形的小筒。我学着叔伯们的样子，皱着眉头伸出舌头，熟练地用口水把最外面的那层纸舔湿，让它可以和里面那层牢牢粘在一起。然后把纸卷的一头拧紧了，另一头掐去一点儿，露出一个可以吸的小洞，一个烟卷就卷好了。我对此乐此不疲，在他们的唆使下，一次又一次不惜搜去外公口袋里的官厅香烟，跟他们换一次卷烟的机会。我也喜欢看他们抽烟后从鼻孔里喷出来的烟，在风中，烟也有着不同的质地和味道。外公喷出来的香烟是淡淡的，细细的一缕，风一吹就散了。抽旱烟的叔伯们，使劲一呼气，鼻孔和嘴里就冒出一股一股粗重的烟雾，呛得人直想打喷嚏，风好久都吹不散它们。有烟时，风便有了形状。

当然也有例外的时候，如果手里拿着一个风车，我就会更醉心于风车对神秘的风的捕捉。

风车通常是自己做。先拿一点儿面和成面糊，用细秫秆做支杆，折一张正方形的纸，围绕中心裁成八瓣，再接一出一地沿着中心折起来，用细铁丝或者秫秆皮固定好，插在秫秆的一头，一个风车就做好了。还有人把秫秆皮一条一条剥开，那柔软的皮在一双巧手的编造下瞬间绾成一片又一片花瓣，花瓣插进秆芯里，一个别致的风车也做好了。小时候为了风车做得鲜艳曾偷偷掀下外婆糊墙的彩纸，惹了打。老太太踮着小脚在后面追,一群孩子举着花花绿绿的风车,鸟儿一般跑散。那时的风啊,仿佛要借助风车把我们带到天空。

孩童手里的风车似乎不会自己转动,必须举着风车四处跑,或鼓起腮帮子使劲儿吹,才能制造风,才能让风车转起来。甚至还有顽皮的孩子爬到树的最高处,向天空高举起风车,仿佛一个接通天地的使者。风车转得快起来,风真的就大了。

其实低处也是有风的,午后的某个间隙,外面的窗棂上插着我的风车,它分明在转动,小小的彩纸做成的风车,骨碌碌,骨碌碌,一会儿正着转,一会儿倒着转。我惊奇地看着窗外的风车,看它像一只魔盒,抓住了风,又把它放走了。

孩童心里自然也不会装着风沙,不装着,就不惧怕,像那些盲目的喜鹊,一路追随着我们。我们穿峻岭过隧道一路向北,一队喜鹊也一直向北飞。但显然旅程比想象得艰难,强大的逆风冲散了它们的队伍,它们三三两两停在几条电线上。风沙总是想征服看起来摇摆的事物,现在,每条电线都在风的摇撼下晃动。喜鹊们羽毛零散,一会儿面朝东,一会儿面朝西,状如一些随风而起的废纸团儿。

我们还在逆着风一直向北,我企盼喜鹊们也只是遭遇了途中的小惊慌,然后,扇动翅膀继续随我们而来。

喜　　鹊

我面前的喜鹊看起来太胖了,肚子圆滚滚的,不敢确定它们是不是途中遇到的那些,先于我们抵达了这里。但显然,我们要走的路不同。这些喜鹊只是在附近一棵枯死的胡杨树上稍微休整了一下,就急急地扇动坚硬的羽翅,想要离开。

而我们刚刚抵达目的地——黄羊滩。

说黄羊滩是沙漠,倒不如说是一大片沙地更合适,经过几年治理,这里的沙漠大部分已经变成了绿洲,只剩下一片黄沙,像往事,被故意遗留在生机勃勃的未来中。

黄羊滩在张家口市宣化区东南部,是永定河支流洋河怀抱里的一大片沙滩。在历史的记载中,这里曾是"明珠之地",像一个被河水环抱并喂养的婴儿,水草丰美,黄羊遍布滩涂。到了晚唐,晋王李克用驻守宣化,这块地方便成了他的牧马之所。想来,那定是另一番美景:漠漠黄沙堆守的荒凉边陲,却唯此一块绿草茵茵之地。惊涛拍岸,江河远流,万千军马在此休沐,难得的绿草茵茵里,充满了沸腾生机。

可惜,沧海桑田,历史只用"连年战火"几个字便概括了一片土地从水草肥美变为漠漠黄沙的过程。从丰茂到荒凉,充盈到干涸,不过是人类时间长河里短短的一瞬,却是一种事物变成另一种事物的漫长过程。

据说一些北方城市的沙尘都是从这里刮过去的。难以想象,狂风从漫无尽头的沙漠尽头奔袭而来,瞬间给天地挂起一匹黄色帷幔。沙子们都像骑上了快马,"唰……"急速掠过几百公里外的城市。这多像一场风沙的怒火、冲锋,沙子用最微小的力量集结起最强大的队伍，抽打着人类的身体、耐心，人类自以为高明的一切道理。

而就在此刻，我目睹了这个画面，随着喜鹊们大声尖叫着匆忙起飞，天空突然倒吸起大地上的黄沙，扑倒了我们之后，又向着远方的河流扑去，向更远方隐约的绿意扑过去……

但疾行的风沙还是被树林拦了下来，就像风车抓住了风。远方大片的绿抖动着，仿佛一块看不到边界的绿头巾，将风沙尽数收入囊中。直至大风由快到慢，天空慢慢恢复了平静。让我感到惊喜的是，风沙过后，被狂风削圆的沙丘上分明站着一只喜鹊，接着是两只，三只，四只……它们抖了抖被尘沙覆盖的羽毛，亮开了大嗓门。

大风过后，河流的气息扑面而来，空气中草木的香逐渐替代了干燥的灰土味儿。一场突袭般的风沙之后，沙漠呈现出空旷辽远的静，就连喜鹊的叫声，也仿佛来自幽远的沙漠深处。

风沙过去了，喜鹊们却没有了再走的意思，它们中有几只又飞回刚才的枯树上，探头探脑朝我们张望。而剩下的两只，像两个因风沙拦截而迷路的人，被抛弃在沙漠里，又像两个缩小版的披着黑白斗篷的侠客，在空无一人的江湖盲目地跳跃。它们的样子像是在告诉我们，它们誓死要在漫无边际的黄沙里找出一条路来。

沙漠里有什么呢？黄羊滩的沙子又大又圆，每一粒都瞪着干涸的眼睛。而波纹就在这些眼睛里流淌——是刚才的大风，把沙子吹成了河流的模样。一条一条，一绺一绺，风用属于河流的波纹雕刻了沙漠，把沙漠雕成了一片沙河。

一条被镌刻在沙子里的河流多么宏伟，波纹从地平线尽头一层一层铺过来，令人怀疑，我们并非站在一片沙漠上，而是站在一条河的河底。

沙子们也在向着远方的大河奔流，想成为水的渴望那么悲壮。

从不知道荒凉也可以如此盛大，一望无际的黄沙呈现出奢侈的美。我很好奇，一只喜鹊的眼睛里看到了什么？站在一望无际的黄沙上，逆着光，茫然四顾，仿佛地球上来了一群最原始的访客。

这让我想起去年台风到来的那个晌午，狂风把路边的大树都刮倒了。风中的沙子打在窗户上，打得玻璃叮当响。狂风沙尘刚刚止歇，暴雨又从天而降，就在这时，我看到阳台上站着一只瑟瑟发抖的喜鹊，它的羽毛被淋湿了，身上的花纹呈现出一个又一个小旋涡，那架势，犹如它就是台风的源头。

玻璃窗上蓦然出现的人脸吓了喜鹊一跳，它本能地扑打着湿淋淋的翅膀飞了出去，但不一会儿，又飞回来，站在阳台边缘，不时转动眼珠观察我的动静。我动一动，它就飞出去，我停下，它又飞回来，如此几个来回，似乎确定了我不能伤害它，才又缩回那个干燥的角落。

你从哪儿来？要到哪儿去？如果是一个避雨的人，我一定会问问他，也许，我还能从他的表情和行囊上猜出沿途的风沙。但一只喜鹊的表情里什么也看不到，它泰然自若，像找到一间途中的驿站，不时用尖嘴梳理着自己的羽毛。坚硬的羽翅在巧嘴的梳理下很快恢复了秩序，黑白分明的羽毛更加亮闪闪的。

看起来风沙只是阻挡了喜鹊前进或归巢的路，却并没有留在它们的翅膀里。也许正是暴雨帮它洗掉了囤在身上的沙砾，让展翅飞翔变得更加轻松。

突然有点儿羡慕这只喜鹊。当风沙像无限苍穹里射出来的一粒粒子弹，在我的脸上、手上、身体上撕咬，在衣衫、头发、皮肤里潜藏，成为我的一部分，让我逐渐失去水分，长出皱纹，对前路充满畏惧。甚至，风沙像雕刻沙漠一样，磨平了我的棱角，改变了我的面目、形状。真希望我也能变成一只喜鹊，用暴雨冲洗满身沙尘，再找个干燥的阳台躲一躲，生出新的勇敢。

不知来我家阳台躲雨的喜鹊还有怎样一段路途，它把阳台当作了临时停机坪。雨越来越小，不久，对面电线杆上又飞来一只喜鹊，冲着阳台喳喳叫。听到呼唤，躲雨的喜鹊再次挺起胸膛，拍了拍翅膀，箭一样冲了出去。它们在半空中绕了一个圈，迅速消失在风雨里。

也许我看到的是两架往返于现实到理想国的航班，两个为人间运送好消息的最平凡的神。

野　　草

风遇见了风

我想着风和风遇见的样子
肯定像村东和村西的女人在集市遇见的样子
买来相同的花布，嘀咕相同的方言
顺着一条路走回来
大麦和小麦在周围熟了，天还很热
镰刀在掸了水的磨石上反复磨着
父亲的手还要在麦芒上来回摸几次
那时我还小，我从麦管中窥视着天空
天空像一头蓝豹子，有云朵那么多斑点
我看见它迅猛地蹿动
我想它是因为遇见了风

  这是已故诗人周的诗，我很喜欢的一首。蹚过黄羊滩沙漠，躺在无名小河坝底的野草间时，突然想起这首诗，熟悉的感觉扑面而来——天真蓝啊，像豹子，也像一块刷了油漆的蓝玻璃，平静整洁。与风相遇的一切事物都生出了奔跑之心，白云似要逃去天边了，它们在天上不停变幻，远远地先是在海浪中捧出一个婴儿，经过我头顶时，婴儿已变成美女。

诗人周是我的朋友,如果他还活着,一定会欣喜地参与到这场以诗为名的相聚中来。是诗让他遇到了不一样的自己,就像他在诗中所述——因为遇见风,万物遇见了另一个自己。

河坝下这片野草地是理想的避风之地,野草还没到风吹草低见牛羊的高度,但已经没过小腿。风沙撵着野草在奔跑,一波一波,野草们手拉着手,此起彼伏——沙沙沙,沙沙沙,像一支声势浩大的万人啦啦队。也许,只有遇到风沙的日子,野草们才会大声歌唱。也只有把身体降低到野草的高度才知道,号叫的风沙从一辆铲着我们跑的铲车,瞬间变成了一团团从身上滚过的棉团。被野草抱在怀里的我们也正被一双双大手抚摸,像诗歌中那双父亲的手,来回摸着他的收获。是啊,野草降低高度顺从了风沙,这是野草的智慧。

但野草也有这样的时刻,像远处突然出现的一个人,在风中奔跑,顶着自由而蓬乱的头发。他张开双臂发出震耳的大喊:"啊……"空阔的大地,并没有传来回声。风,没有成为阻隔呼喊的铜墙铁壁,却变成了一块吸水的海绵,在瞬间吸干了一个不甘之人的呐喊。

似乎有些可笑,猛然惊觉,我心里也住着这样一个顶风呐喊的人,是与自身命运的缠斗,还是不甘心被命运降伏的奋力挣扎?就算一拳拳都打在现实的棉花上,也令人相信生命总有一些这样的时刻,不甘心顺从风沙并渴望向世界和盘托出。

人在人世间,就像风遇见风,石头遇见风,喜鹊遇见风,野草遇见风,有人慢慢变成了流水里的石头,顺从了光阴的形状和花纹。也有人,坚决成为一朵跳出水面的浪花,打乱一池平静的水。

作家张楚写过一篇散文《野草在歌唱》,回忆朋友们的年轻时代。那时周还活着,还是个因欠账被拖垮的广告公司小老板,自诩是我们中最像野草的人。我们曾嘲笑他用千辛万苦讨来的欠款去挽救一个被拐卖的发廊妹,认为他一定是受骗了。但他坚信十六岁的发廊妹是埋在风沙里被人遗忘的另一簇野草,他把口袋里的钱全给了她,希望她有能力返乡为患了重病的父母治病,开始新的生活。

周带着卑微的神情向我们讲述这件傻子一样的事,那时我们突然发现,总是这棵野草更愿意相信人世间的苦难,并勇敢地投入偿还和救赎。每一个这样的瞬间,慈悲的光芒使他不同于一个失意的小老板,不同于我们这些不甘平凡却假装低调的公务员,不同于满面油光的食客,更不同于一棵普通的野草。

没有机会再告诉周我也愿意做一棵野草,出现在张楚散文里的我们难道不是一个"野草合唱团"?在理想这块土地上野蛮又自由地生长,在人生的风沙中有无数次低头弯腰的时刻,却又桀骜地坚守着内心的骄傲。谁又不是一棵野草呢?

很多时候,我不知道想起周并写下与他有关的文字有什么意义。是为了纪念一个平凡的诗人,还是纪念一段野草在歌唱的时光?周死后,我们固定的聚会点——一家朴素的涮鱼馆,谁也没勇气再去。几年后的某个夜晚，我路过那里，店里的喧嚣吸引我停下脚步。涮鱼馆还是原来的名字，但店面已经重新装修过，隔着寂静的柏油路，临街的每个房间都流溢着黄金般的灯火，举杯的人影和涮锅的热气一起升腾，仿佛我们青春时代留在窗上的剪影。这里，并没有因为我们的离去就少了什么。就像大地上，并没有因为一簇野草的枯萎就变得荒芜。但我心里却因为巨大的空缺酸涩着，泪流满面。

多希望那些逝去的人真能变成眼前生机勃勃的野草，还能返青，长在我们中间。和现在的我一样，躺在野草的怀抱，听着草叶间蛐蛐憋不住的叫喊，小飞虫嘤嘤私语，甚至蚂蚁，它们滚动着野草根部的泥沙，要在这无人砍伐的丛林里建造一项生命延续的大工程。直到这一刻才终于明白，野草的奔跑和歌唱无时无刻不在进行。从发芽开始到枯黄结束，拔节的声音、踩踏的声音、弯折的声音、结籽的声音，四季里都是野草的歌唱，枯荣之间，世界遍布了野草的足迹。

也许我的朋友躺在野草们中间，已经对野草动用了伟大这个词吧。看，那无处不在又随时被忽略的野草们，时时刻刻忍受并化解着风沙吹拂的野草们，春天来了，泥滩、沙地，甚至崖壁上、石头缝里、屋檐墙头，只要能允许一粒草籽停留，它便紧紧抓住有限的生机，扎根、发芽，把绿发展成无限的绿。

如果野草也是一种收获，那只配由岁月来收割。而任何成长中必不可少的风沙，恰好成了我们怀念岁月的理由。

花雕酒·满庭芳

那日我和朋友们正在沈阳的大街上闲逛，天阴下来，几声闷雷后，雨点儿就下来了，于是便到一间雕檐画廊下躲雨，一抬头，就看到檐下的几个大字"满庭芳"。

这是一家酒馆的名字。酒馆围树而建，一棵老槐树就盘踞在屋子中央，看它的粗细怕是有上百年了，这大概也是建房子时留下它的原因。老槐粗粗的枝干贯穿屋顶，枝叶遮蔽着蓝天青瓦，室内也绿叶婆娑，成就了屋子里自然的清凉。店中随处可见大大小小的酒缸、酒罐和酒瓶。它们杂而有序地散落于酒馆的各个角落，全部是绍兴花雕。

我们随即找座位坐下，欣赏着院内别致的景，我讶异于酒店老板风雅的心思。据旁边桌的客人介绍，老板是绍兴人，祖辈以酿黄酒为生。这就难怪了，久闻绍兴不但盛产花雕，而且酒文化极其浓郁，从来都是诗酒不分家，难怪老板能想到用"满庭芳"这个词牌名来作酒店的名字。这么一想，似乎也只有这个名字配得上花雕酒呢。

我对那些花雕酒的酒坛情有独钟。说是酒坛，其实是红、黄、蓝、绿各色的陶罐，陶罐上再用陶土塑造凸出罐体的花朵、虫鸟、人像。只见牡丹花上偏落着展翅欲飞的蝴蝶，山石兰草下蹦跳着一只青翠的蛐蛐，人像大概都是来源于神话传说，看装束打扮和场景，有涉水的洛神、葬花的黛玉、出塞的昭君……虽然容貌犹如一人，但服饰各有特点，再加上色泽艳丽，场景逼真，使这花雕的酒坛俨然成了艺术品。该是多么爱酒的人，会用这样漂亮的瓶子盛装酒，又或许，酒中滋味才是极美，而这酒坛只能表达一二。

见我爱不释手痴痴观望，旁边的服务生热情地讲起花雕酒的历史，却更像在讲述一则源远流长的酒文化与普通人的悲喜碰撞出的传奇故事：

古时绍兴有个姓张的酿酒匠，婚后妻子久久不孕，一年又一年，在他们的盼望中妻子终于传出喜讯，怀孕了。恰逢张匠人刚刚酿得了一坛极品黄酒，狂喜之下，对着院中大树祈祷，愿埋下这坛黄酒，若上天垂怜让他得个儿子，那儿子成家之日他便来取出这坛黄酒敬献天地神明。

怀胎十月，终于生产，不料却生了个女儿，张匠人大失所望，可他的妻子竟再未怀孕。时间一长，张匠人就把酒的事忘了。

转眼，张家的女儿长大成人，聪明伶俐，贤淑善良，乡里闻名。女大当婚，张匠人就把最得意的徒弟招赘，把女儿嫁给了他。这一日，张家院内张灯结彩喜气洋洋，正当众人要畅饮之际，忽然一阵大风刮过，院中大树落叶纷纷，落下的叶子都聚在了一个地方。众人深感诧异。张匠人忽想起十八年前对着大树许的愿望，连忙挖出深埋的老酒。没想到酒坛一打开，浓烈的酒香扑鼻，沁人心脾，更胜当初。张匠人欣喜异常。看着满院红妆吉祥喜乐，当即就给这酒取了一个名字——女儿红。

张家的酒因深埋数年别有一番滋味，竟成就独特的酿酒方法，张家的生意也因此越做越大。自此，村里人人效仿张家，生了孩子都要酿酒窖藏，待孩子成人时饮用，生女孩儿酿的叫"女儿红"，生男孩儿酿的叫"状元红"。

有了上好的酒，自然就讲究起盛酒的容器，有些人家就在酒坛子外面雕了花，使一坛酒看起来更加精美、别致。这种酒坛外面雕了花的女儿红，也被称作"花雕"。

后来我查阅相关书籍，发现有史料记载花雕等绍兴黄酒是从女酒发展而来，之所以叫女酒，是因为酿酒的都是女奴，因此女酒也叫"女儿酒"，似乎和张匠人没有什么关系。另据清代梁章钜的《浪迹续谈》记载：绍兴酒"最佳者名女儿酒，相传富家养女，初弥月，即开酿数坛，直到此女出门，即以此酒陪嫁，则至近亦十许年，其坛率以彩缋，名曰花雕"。比起传说，历史记载显得冷静客观得多，但我更喜欢张匠人的传说，传说使花雕酒更接地气。那些彩绘雕花，吉祥福运，是那些最普通不过的百姓，赋予平凡生活的最美好的期盼。历史记载和传奇故事就这样变成了跑在时间之轨上的两列火车，后经辗转、酝酿，滴落进这雕绘的酒坛里，成为夏日杯中的一口柔香。

其实很多历史和文化都是在传说中代代流传,在传说中被命名和撰写。就像为一幅直白的画填上颜色,它使艰涩的简单了,抽象的丰富了,干枯的又有了脉搏。

对于花雕酒,我渴盼已久,盼着有一天能喝到它。除了这酒的美丽传说令人神往,还因为它曾给父亲带来的欢欣。

父亲年轻时,在浙江工作的朋友来探望他,带过来几坛花雕。两人痛饮,直夸这种酒甘醇稳重,绵软谦和。他们边喝边聊起孔孟之道,事后哈哈大笑,居然他们自己都不知道怎么着就把话题引入了玄妙的天地人间。仿佛是被这杯酒牵引着、推动着,让他们展露出深藏于生活中的谦谦书卷气。那是我第一次看到父亲夫子一样摇晃着脑袋,光芒四射地展示装在心里的学问和道理。作为落户异乡的游子,他只有思乡时才会喝醉,醉了,就流几滴思乡的泪。但那一次他也醉了,醉了,却为眼前的一切送上善良的笑意。他大手一挥,告诉他的朋友,眼前这一切,就是他的未来。

定是花雕酒有着安抚人心的力量,不辛辣,不冲动,似一位饱经世事的长者,劝解了一个思乡的游子。

但精致的花雕酒瓶,却如同一位满庭芳般的女子,红烛下,等着良人掀开盖头的那一刻。如"小阁藏春,闲窗锁昼,画堂无限深幽"的主角李清照;亦如"红酥手,黄縢酒,满城春色宫墙柳"的主角唐婉。而在我的猜想中,陆游定然是喜欢花雕酒的,他晚年隐居绍兴鉴湖边直至终老。鉴湖水是酿造花雕酒必不可少的原料,或许在诗人的意象中酒的魂魄已深入诗髓,诗歌亦成为酒之精神了吧。

十六度的花雕,薄醉的状态,恰如诗词的意境,绵远深邃,荡气回肠。

在这家名为满庭芳的酒馆,我们点了十年的花雕,一坛两斤装,用陶制的酒壶将酒烫到微热,再佐以姜片、话梅和冰糖,倒在半钱一盏的陶制小杯里。酒煮成了褐黄色,看上去凝重,味道却甘甜醇厚,绵绵到底,舌尖上还有酒的甘醇,热气已通融全身。难怪绍兴人把此种酒作为家常酒,家家酿酒,人人善饮,女人们还以此作为美容的秘宝,看来确有一番道理。

黄酒的历史中,出自寻常百姓家的花雕却深得皇室喜爱。绍兴黄酒品种极多,加饭、香雪、善酿……而在诸多黄酒中,只有善酿和花雕曾作为贡酒呈献在皇亲贵族面前,花雕更是独被后宫粉黛偏爱。据说贡酒一定要经过"冬酿、春藏、秋贡"这几个程序,要经过几个年头才能够把酒的品质酿到最好。看看端在手里的酒,一瓶好酒得来非易,而喝酒的人有几个能品尽酒中滋味?常听匠人们说"锤炼出精神"。看来不仅做人如此,酿酒也是一样的,世间万物都要经过一番磨难才能不断完整起来,原本急不得啊。

我们不急,朋友中有懂得酒文化的人,听他慢说慢饮。而邻座几位东北大汉却喝得至情至性,拿几只黑陶大碗,半斤花雕一饮而尽，似乎这绵软的黄酒对他们丝毫没构成威胁。眼见着桌上已经摆了四个酒坛，听他们吆喝，准备喝掉十坛，喝到兴致处，竟向邻座的我们频频敬酒。朋友有些微词，叨咕着："黄酒得细品，哪能这样喝花雕？"他端着自己的陶制小杯走过去，决心与他们理论一番，儒雅的样子，倒真像一坛花雕，站在几瓶高度的高粱酒、二锅头面前。

可不一会儿，我们听到朋友大声呼唤服务生："换大碗，换大碗。"顾不得问个究竟，发现邻座的"高粱酒"与我们的"花雕"已经勾肩搭背，流淌起了一样的自由清澈、洒脱不羁。

这回朋友不讲慢喝慢品了，他大声笑道："能够称为酒的，就必然有一种相通的性格和气质，白酒浓烈，黄酒沉稳，两两相合，犹如阴阳相融，正是万物自然。用喝白酒的气魄喝黄酒，你们这种喝法，好！好！"

他的一番话，逗得满屋人哈哈大笑。看来，不管是痛饮还是慢品，在推杯换盏、热辣喧笑的急饮慢醉中，喝酒的人享受的是喝的过程，酒进入生命的一种状态。酒虽不同，结果却是相同的。

其实又何尝不可呢？都说喝花雕要加入冰片才正宗，不会破坏了黄酒独有的粮食香气，可现在人们都喜欢加入冰糖和姜片，算是时尚喝法，我也觉得这样甜丝丝的反倒更加爽口。文化的生命也终要在不断创新中获得时代的认可。

酒还在爱它的人中流淌，我已不胜酒力。踱步门外，依旧微雨,雨水顺着雕花的檐子落下来,叮叮当当落在空了的花雕酒坛上,脑袋里突然迸出一句诗"雨水打在瓦罐上/叮叮咚咚的/就像往事/清洗着一个人的身体……"。空旷的时空里,雨水敲打着花雕酒坛,落入酒坛,也仿佛一滴一滴落入我的身体,带来旷野般的感受。

一间南方的酒馆,似乎与这座北方的城市毫无关联,就像我们与几位东北大汉。但该相遇的还是相遇了,文化的传播和连接把一间绍兴酒馆落在了沈阳,并被这方水土的人们喜爱着,亦如相同的品位使几个素不相识的人成了酒友。这一切,仿佛是为了告诉我们,只有文化才是突破国界和地域的使者,才是万物通达的根本。

离开那间酒馆时我讨要了几个花雕酒的酒瓶带回来,摆在书架上。以前我最大的理想是开一间书店,专门出售朋友们的诗集。那日后忽然生出另一种想法,要在书店的一侧售书,另一侧摆开木桌,放几把木椅,摆上绍兴花雕,店名就叫——花雕酒·满庭芳。

江山最北

一

沿北纬53°，中俄边界分割线，在一条大江的中央，巡逻艇分割着江水，伸出手去，就能摸到异国的浪花。

江的南岸，是兴安岭山脉绵长的余峦，白桦林漫无边际，獐子松和落叶松绵延万里，落日下，兴安岭余脉有着柔美的曲线，像母亲的乳房。而江水北岸，那一段与兴安岭相连相隔的山峰叫外兴安岭，也叫斯塔诺夫山脉，是俄罗斯的山峰。

六月到来，当夏日的风已刮过大半个中国，这条江和江水环抱中的这片土地才刚刚从零下五十摄氏度苏醒。水洼里的草还枯黄着，还有尚未融化的积雪埋着它们的根。但山上已流下青绿，白桦树到了冬天就像根根白发，群山抱着一个思想者的脑袋。春天来了，夏天来了，白桦树周身长出深浅不一的绿叶子，反倒更像一把把插在大地上年代久远的利剑，像谁在原始森林中布下的一个又一个古老浩瀚的阵法，被人发现时，白刃周围已长满青草。

草木的春天和江水的春天几乎同时到来。在冬天，这里的落雪能没到人的大腿根，大江也被厚厚的冰封住，凶险的江面变成坦途。坚冰为两国商贸铺就了一条最短通道，俄罗斯的木头，从冰上坐着雪橇就来到了中国。天气晴朗时，站在江的南岸能看到北岸紧邻江水的地方，有一所绿色的像罐头盒子一样的房子，那就是俄罗斯的边防检查站。

没人怀疑这条江结冰时的承重能力，直到六月，江岸边还覆盖着一尺厚的坚冰和积雪。正在融化的厚重冰层让人感受着大江的春潮——江面上冰层断裂，一大块一大块厚厚的冰带着积雪拥挤着，推搡着，向下游涌去，边流动边融化，像数座雪山在大江里穿行、消融。两岸的雪水也流进大江，冰雪长期浸泡和裹挟着草根腐叶，融水成黑褐色，一条大江，真的像一条巨大的黑龙，滚滚东去了。

这条大江，就是我国最北的江——黑龙江。

中国最北的村庄在这条江的江边，中国最北的边境线是这条江的主航道，每天，在这条清楚地分割着中俄两方国土的主航道上，一名身着迷彩服的战士在巡逻艇迎风招展的五星红旗下挺拔站立。

站在这里，站在边境线上，一个公民对国旗的情感突然爆发出无穷的依恋和尊崇。这是一种奇妙的感觉，当一个人站在祖国边缘，归属感瞬间就唤起了潜意识中的浩瀚和强大。你像投入一个巨大的怀抱中，又像拥有了一个巨大的怀抱，你终于，能把你的祖国抱在怀里。

当你伸展双臂，抱着江水环绕里的祖国，迎风招展的五星红旗抽打着你的面颊、你的身体，发出"啪啪啪"的声响。仿佛红旗有红旗的波涛，也是胸怀里的猎猎长风和浩荡江山。如果你亲眼看到这一切，亲身感受着异国的江风拂过身上的征尘，你一定会如我一样幻想，一只昂首挺立的雄鸡头顶飘摇的一定不是鸡冠，而是一面五星红旗。也只有这时才更加理解那句歌词里蕴含的情感"我和我的祖国，一刻也不能分割"。

不能分割的必然是根系血脉，是情感的制高点。北京申奥成功那天，我正好在北京，巨大的荣光使我周身血液沸腾，从通州挤地铁赶往天安门，一定要看到第二天天安门广场的升旗仪式。仿佛这一天的升旗与别时有很大的不同。

和我一样心怀浪花的人聚集在天安门广场，曙光从东方升起，整齐威严的列兵走出天安门城楼，人们在肃穆中仰望，还是那样坚定的步伐，还是那种节制的动作，五星红旗被一条有力的臂膀牵引着，徐徐上升，飘扬在祖国的上空。

二

东经 123° 15′ 30″，北纬 53° 33′ 42″，经纬的交叉点，位于黑龙江南岸漠河市乌苏里卡伦浅滩。那里，矗立着肃穆庄严的界碑。篆刻着"中国最北点"和"北国擎天石"的石碑让每一个到过那里的人感叹"终于找到北了"。

这里,便是中国最北的土地。

乌苏里卡伦浅滩在龙江第一湾景区内,而龙江第一湾也被称为中国最北第一岛,金环岛。

当湍急的黑龙江像一条黑龙,沿着内、外兴安岭交界处的低谷浩浩汤汤一路东去,却在漠河市境内红旗岭段遇到了一座仙女般的岛屿,江水绕岛屿急转回流,生生把小岛抱在怀里,形成了一个神奇的"Ω"形江湾。更为神奇的是,远远望去,江水奔涌到这里便自动分成两色,黑色和黄色,那是天长日久,靠近岛屿边缘的江水大量冲刷着小岛的黄沙和鹅卵石,使靠近岛屿的江水浸染映照了黄沙的颜色。黄色的江水也为小岛包裹了一层金边,所以江心的岛又被叫作金环岛。

汹涌而来的黑龙江在这样的回环中平静下来。山光水色、鸟语花香、蓝天白云和苍松翠柏的层层叠绿全都倒映在江中,像一块凝结着美景的琥珀。时光静止在流水里。

时光也静止在中国最北的邮局。

一间小小的俄罗斯风格的尖顶房子,门前绿色的邮筒斑驳,恍惚间,仿佛一位穿越光阴而来的世纪邮差,伫立在这里,背负着无尽的人间烟火和故事。

如今,便捷的网络通信也已抵达中国最北的土地,但这间小小的邮局依然站在这儿，保持着最初的朴素信念。很多游客都喜欢从这间邮局寄出一封盖着中国最北点邮戳的信或明信片，让它们从最北出发，去往祖国各地。让它们周身裹着路途中的尘土和褶皱出现在另一些人的梦想里。

让时间慢慢抵达，成为人生最深情的告白。

我见过这座逐年老去的最北邮局凝结成童话的瞬间：雪花飘落，寒冷骤降，厚厚的冰雪仿佛覆盖了全世界，这里也被光阴按下了暂停键。斑驳的绿色邮筒顶着厚厚的白雪，小屋也变成一间铺满白毛毡的房子。但窗口却洒出橘黄色的灯光，灯光在雪地上散步，窗口泄露了人间的呼吸和心跳。

这片广袤的大地上还有中国最北广播站、最北供销社、最北驿站……这些点连成的线是人类繁衍生息的轨迹，也是中国最北的江山里小小的星火。最北，仿佛已经超越了一个词本身的含义，变成了一种生存极限的挑战和精神渴望。而承载这些风物的，便是人类聚居的群落——村庄。

在中国的版图上，金鸡鸡冠上最突出的位置便是中国最北的村庄——漠河市北极村。

这里地偏人稀，周围都是茂盛的原始森林，属于高寒之地。一年中的春、夏、秋三季，八十六天就过完了，剩下二百七十九天，全都是冬季。

到了冬天，北极村最低气温能达到零下五十摄氏度。齐腰深的大雪会把山和水都封住。鸟兽的痕迹、人类的痕迹，都被一层洁白大雪覆盖、掩埋、修改了，这里的世界重新变回一张白纸。而在冬至那天，北极村的夜晚最长可以达十七个小时，这便是"极夜"。

最冷酷的地方却有最奇妙的风景。当极夜到来，万千星河辉映着皑皑白雪，在浩瀚的天地间，形成了神秘的时光隧道。若机缘巧合，还能看到赤橙黄绿青蓝紫七彩变幻的极光，仿佛打开了另一个世界宫殿的大门。

但严酷的季节变化使这里的花必须迅速地开，粮食和果实也要急急地饱满和成熟，不然就会遭遇一场大自然的魔法——冬天突然到来。花还开着，鱼还游着，就被冻住了。寒冷像一柄利刃，逼迫一切生命回到最原始的状态，回到最深的巢穴蛰伏起来。

相同季节的风吹着不同的山色，如韩愈和李白诗中所写："五月榴花照眼明，枝间时见子初成。""五月天山雪，无花只有寒。"同样的五月，南方已花草繁茂，北极村却寒冰初解。就算到了六月，江岸边、草洼里，没有融化的冰雪还在和灿烂的阳光对峙。当落日没入山峦，一降温，雪花就落在春天的草木上。林海中时时看到枝头枯黄的叶子，并不只是旧时光的遗存，而是树木遭遇的不测——突然降温使刚刚萌绿的树叶死去了。胳膊粗的小白桦，树龄却有几百年，细瘦的树干向人们讲述着极寒之地万物生长的艰辛。

但这里的天空蓝得无辜，蓝得奢侈。没有现代工业的污染，白云大朵大朵雪一样堆在远方的山顶，似乎跑上山就能去天空堆雪人，又令人怀疑下山的人都是从白云里降下的。行驶在路上，有人为了蓝天的低和白云的白尖叫，担心白云随时会掉下来，砸到车顶上。

蓝天白云尽头，是幽静、深不可测的原始森林。鸟鸣穿过浓密的枝叶，只剩下尖细的一缕，还没传到耳边，就在森林中迷失了。密林中有偶然出现的一条窄细的黄土路，像被人遗忘的一截草绳，在浓密的林间盘绕、穿插，通向未知的远方。

来这里的游客是被明令禁止进入原始森林的，原始森林为每一个探险者布下了迷魂阵。这里的树木密度太大，如果步行进山，不出五十米就会迷路。路边盛开的金达莱也被当地人唤作"达子香"，一团团细碎的淡紫色花朵盛满了阳光，传递着亲切的问候。可当你奔向它，在一丛又一丛盛开中流连忘返，却猛然发现，再也找不到来时的路。

原始森林里的景色面目相似，一旦踏入百里无人区，便会面临着生命的威胁。不仅对此地陌生的游客会迷失，连世代生活在这里的村民有时都会迷路。因此，寻找和救助遇险群众，成了驻守在这里的边防战士最繁重的工作。

我们前行的路上，经常遇到巡查边境的战士。看到战士们把自己从头到脚包裹得严严实实便很好奇，一打听才知道，和迷路同样可怕的，是原始森林里的虫子。小小的虫子，就像大自然掷出的暗器，一旦被毒性很大的虫子叮上，处理不及时就会威胁生命。不久前，一只蜱虫钻进战士的头发，吸在头皮上，硬是把头皮割开才把虫子拿出来。据说夏季蜱虫最多的时候，有的战士回到驻地抖落一下衣服，地面上就会落下黑黑的一层。所以不管再热，战士们也得把自己裹得严严实实。

这里是北极边防派出所的管辖之地。有"中国北方第一哨"之称的最北边防派出所——漠河北极边防派出所就坐落在北极村。派出所管着一百七十三公里中俄边境线，辖区二千三百八十平方公里的土地上，有三个自然村，一个林场，三千四百五十七口人。按这个面积换算，大约平均每平方公里土地不到两户居民，剩下的80%都是杳无人烟的大山和原始森林。因此，在北极村，有一道特殊的风景，被村民称为"移动的边境线"，指的便是巡边的战士。

尤其当冬天来临，齐膝深的白雪中，战士们沿边境移动的身影清晰涌现，一条移动的边境线绘制着最北江山的图景。

巡边的路途中战士们的歇脚之所便是被当地人称为"地窨子"的穴屋。

"地窨子"算得上是时代留在最北土地上的一款独有建筑。穿行在积雪消融的山坳和丛林间，时不时就能看到一处"地窨子"。称它们为建筑也许有点儿言过其实，不过就是一个在地下挖出的长方形土坑，土坑外搭起高出地面的尖顶支架，支架上覆盖毡子、兽皮，再抹上土草泥，这就搭成了一座穴式房屋。遇到风雪冰冻，在里面拢起火堆，就可以避寒取暖。

以前，包括北极村在内的极地边境日子艰苦，边民冬天还要出来打猎捕鱼，一走就是数日数月，就靠这种地窨子躲避严寒。随着生活水平提高，没人再住里面，不知哪一场风雪就把残破的地窨子压塌了，掩埋了。而残存下来的"地窨子"，成了极地一种单纯的标志和回忆。

就是这种不再有人居住的穴屋，却成了风雪中巡边战士的避风港。又在大地与人永久的相守与依赖中，演绎成最冷大地上热血勇士们的城堡。

三

无论是严寒冰雪还是高温酷暑，伴随着曙光初现，中国最北边防派出所——漠河北极边防派出所门前，都要举行一场庄严的升旗仪式。1997年，派出所机动中队成立了国旗班，将和天安门广场升旗一样正规的升旗仪式搬到祖国最北的江山。

国旗班成立以来的第一次升旗仪式就深深吸引了北极村的村民，他们中很多人是第一次看到如此壮美的升旗仪式，从此，中国最北的升旗仪式便成了他们眼中最美的风景。

高高飘扬的五星红旗，给他们带来了自豪和骄傲的感觉，令他们心安。他们爱上了这面旗帜，其中就有四婶赵凤华。

多年前，一场秋雨突然而至，是边防派出所的战士冒着大雨帮她抢收粮食，才保住了千辛万苦换来的收成。四婶儿感激不尽，从此和边防派出所结下了对子。她家人口少，地里农活儿没人干，战士们就利用训练间隙帮她干。部队来了新兵，生病想家，她就像妈妈一样给他们做好吃的，跟他们聊天谈心。

她看到战士们为群众跑贷款引项目，一瓦一木亲手帮助残疾群众盖起了家庭宾馆；看到他们献爱心尽孝心，背着高龄老人圆了旅游梦；看到他们三次冒雪进山，终于把离家三十年的黑户送回家人身边；看到他们十几年接力助学，帮贫困孩子完成学业……一年又一年，最北的边防战士换了一批又一批，他们的责任却像接力棒，在手中传递。

都说边境的村子又乱又危险，可她没看到。她看到的是当安宁的白昼过去，神秘的夜晚降临，和她一样的村民们不用闩起大门就可以安然入睡。十几年来没有一户丢过东西，也没发生过一起重大刑事案件。当春天到来，路边的达子香开满紫色的花朵，她连做梦都是香的。她想，这大概就是人们心心念念寻找的"桃花源"吧。

四婶儿珍惜这越来越美的景，越来越美的人。

来这里驻守的战士大多二十岁左右，年龄最大的也才三十多岁。他们中有很多城市兵，家境优渥，来到这儿才知道北极的冬天有多冷——端着铁盆去喂狗，出去不到一分钟，铁盆子就和手套冻在一起；把一只苍蝇赶出屋，刚飞出屋门，苍蝇就一头掉在地上，冻死了；食堂刚做了一锅汤端上来，一碗热汤还没喝完，盆里的汤就冻上了一层冰碴。边防战士最常见的病就是风湿和关节炎,那都是查边落下的病。

看到年轻的战士们爬冰卧雪,四婶儿心中竟生出母亲一样的惦念。有一次,她听说派出所买的冬储菜比村民的价格高,竟找到卖菜人,要求他把多挣的钱退回来。她拍着胸脯对那人说:"坑谁也不能坑这些战士,他们的伙食是有定数的,这地方花超了,别的地方就得省。这些兵娃子,都是半大孩子,群众有困难找到他们,他们豁出性命去帮助咱,你怎么忍心坑他们呢?"结果第二天,卖菜人就把多赚的钱退给了部队。就这样,四婶儿成了边防派出所的编外战士,四婶儿的家也成了战士们的家。

就是那一天,庄严的国歌声中,五星红旗从她眼前冉冉升起,她再也抑制不住激动之心,等人群散去,悄悄地向国旗敬了这辈子第一个军礼。从此,国旗红成了她最爱的颜色。

北极风大,潮气也大,国旗用不了多久就褪色损毁了。四婶儿看在眼里,回到家就买来红布,按照国旗的尺寸做了一面新的,还亲手绣上了五角星。从这面红旗开始,四婶儿的红旗一绣就绣了二十年。二十年来,她绣的红旗飘扬在中国最北边防派出所,飘扬在中国最北村庄的上空。

和四婶儿一样爱上这红色旗帜的还有边民小乙。

那一年,气温骤降至零下三十摄氏度,鹅毛大雪封山,路面坚冰如镜,他在回家途中面包车载着幼小的女儿一下子翻进原始森林的边沟。

多么绝望的冰雪天啊,密集的鹅毛大雪像要吞噬一切生命。万分危急中,他从车窗爬出,将求救电话打给了边防派出所。时间一分一秒过去,他知道,在茫茫的原始森林,冰雪阻路,寸步难行,救援更是难上加难。看着昏迷不醒的女儿,他绝望了。可就在他也即将失去意识时,突然听到呼喊声不断传来,他挣扎起身,看到一面红旗在大雪中不断摇晃着,摆动着,随着呼唤声越来越近,一队浑身挂满冰的冰人来到他面前。昏倒之前,他手里紧紧攥着红旗一角,他知道,他们得救了。

后来他才知道战士们来得多么艰难。路上雪太厚,车过不去,他们只好动手铲出一条路。紧邻悬崖的一段路,被厚厚的冰覆盖,路窄又滑,车轮一打滑就会掉落悬崖粉身碎骨。战士们心急如焚,当下决定,留两名战士协助破冰行车,其他人跑步前往出事地点营救。这一段路,他们手脚并用,跪着、爬着在冰路上前进,身上的汗水浸透衣衫立刻结成冰裹在身上,变成了一个个冰人。面包车卡在树上拽不出来,战士们跳进深沟,生生用自己的肩膀把车扛了出来。

这一切,让小乙感动落泪。他制作了一面和红旗一样红的锦旗送去派出所,看到战士们背后的几个大字——"最偏最远最放心,最北最冷最忠诚",这是北极边防派出所的誓词。

四

洛古河是黑龙江的源头,紧挨着大江的洛古河村与俄罗斯波克罗夫村隔江相望，被称为"龙江第一村"。

这里的村民喜欢讲述洛古河的传说。相传大禹治水时，许多性情凶恶的龙都被制服了，只有一条白龙逃到这里继续为害人间。有一条路过的黑龙得知此事后，决定为民除害，于是，在东大崖子下江水最深处与白龙展开激战，以身赴死终于降伏白龙，还了渔民风平浪静的江水。为了纪念这条黑龙，当地人把这条江取名黑龙江。黑龙战胜白龙的地方，就是现在的洛古河村。

春天的洛古河村安宁美好，白色的山丁子花在一栋栋异域风情的木刻楞房子前摇摆，篱笆里的小院是香的，篱笆外的街道也是香的。街道空荡，几位俄罗斯风情的妇人坐在门前闲聊。仔细寻找，边塞的风沙和苍凉都刻在一块写着"最北驿站"的木牌上。

若向村民问询，他们会告诉你，这里最值得一看的地方就是中国最北的警务室——洛古河夫妻警务室。这里最了不起的人，就是这间夫妻警务室的首创者——民警贾晨翔和他的妻子辅警王晓莲。

十几年前，洛古河村苍凉荒僻，全村只有一百多口人，方圆一百五十里内，连一家医院、电影院、理发店、澡堂、书店都没有。冬天封山时人迹罕至，吃水需要砸冰自取。村民们开证明也要到百里之外的边防派出所，麻烦一点儿的还要跑到县城，常常第一天出去办事，第二天才能回来。信息发达、人声鼎沸的新世界仿佛与这个古老的村庄形成了鲜明对比。

这时候,贾晨翔来了。

来之前,他给女朋友王晓莲写了一封分手信,在信中告诉她,他要去最北的边疆驻守,那里是一片杳无人迹的苍茫雪原。在那里,贫穷与寂寞比冷更难耐。他已经决定用有限的青春去实现最无限的理想,恐怕最美好的年华都将交付给边疆的冰雪。而她,美丽聪明的省城律师,有着高薪的工作和远大的前途,他不想再耽误她。

满怀热血与悲情,贾晨翔来到了洛古河村警务室驻守。

没多久,简陋的警务室迎来第一位客人——王晓莲。她来了,也送了他一句话:不管去哪里驻守,我都和你在一起。

他们在祖国最北的土地上举行了简单的婚礼,从此,嫁给边防军人的王晓莲辞去高薪工作成了一名辅警。2010年5月,洛古河夫妻警卫室正式挂牌,开启了他们最北的国土上的理想传奇、爱情传奇。

在贾晨翔的生命里,那是一个永生难忘的隐痛。

王晓莲到来的第一个冬天,气温骤降至零下五十二摄氏度。那时警务室还没有锅炉,取暖全靠一个铁炉子带动屋里的火墙火炕。即便炉子整天烧着,屋里仍然冷得像个冰窖。有寒冷地区生活经验的贾晨翔最怕炉火熄灭,一旦连接火墙的水管被冻裂,严寒下喷出的水层层结冰,说不定房子就变成冰房子了。

可炉子炉膛小，一个小时左右就要填煤，于是他们商量好，轮流到火炕上取暖和看炉子。轮到贾晨翔看炉子，劳累的他坐在椅子上竟不知不觉睡着了。不知过了多长时间，贾晨翔被冻醒，发现屋子里已经冷得像个冰窖。炉火熄灭，水管冻裂，地上全是冰，他的手也冻成了红肿的馒头。再看炕上，王晓莲嘴唇发青，双眼紧闭，已经成了半昏迷状态。贾晨翔急忙扑过去，拉起所有被子往王晓莲身上盖，抱着她，搓着她的身体，不停呼唤她的名字。王晓莲终于被唤醒，她含泪看着瑟瑟发抖的他，两个人紧紧抱在了一起。

从那之后，王晓莲偷偷给自己设了闹铃，寒冷的冬夜，她总是提前醒来，让贾晨翔在火炕上多睡一会儿。顶不住困意时，她就抓起一把雪拍在脸上。

很多年过去了，每每谈起那个冬夜，顶天立地的军人还是忍不住眼眶泛红，寒冷中的窘困，失去妻子的恐惧令他至今心有余悸。也正是那个冬夜的经历，使他们更加坚定了改变洛古河村的状况的决心。

青春的意义是什么？在心里，王晓莲曾无数次问过自己。

她没有黑龙的能耐，她只是一个平凡的女子。多年来，她跟在他身后，在刺骨的江水里救过牛，冒雪救过羊，进山找过人；无数次，她跟在他身后，帮村民开饭店建宾馆，发展旅游经济；她考察小尾寒羊养殖、帮村里建起了绿色无公害养殖场；千辛万苦跑贷款，把村民的小渔船换成了旅游船；她陪他彻夜不眠，起草《农田路翻修申请报告》，把一条有粮拉不出的"愁苦路"变成了"欢喜路"；她用自己的知识，给村民免费办成人技术班、孩子假期补习班；他们筹建文化广场、建设黑龙江生态文明教育大院……为了实现他的理想，她陪着他一次次放弃调离机会，坚守着这间小小的警务室。

漫天冰雪的世界曾令她恐惧，也想过逃离。但他在这。他坚定且顽强，什么都击不垮。每天二十六公里的边境巡查他从不喊累，繁杂的警务所事务也从不嫌烦，村民找来更是随叫随到。他发誓要守好这片江山，那她便守着他吧。他是她的爱人，便是她的全部山河。

王晓莲知道，在这片冰封的大地上，在她从未到过的村庄，有无数个夫妻警务站，有无数贾晨翔和王晓莲共同守护着这里，他们，如星辰般微小，也如星辰般璀璨。

2020年，在洛古河驻守了十年的贾晨翔和王晓莲把最北夫妻警务室交到了战友史先强和沈欣夫妇手里，带着他们的儿子北北离开了这里。他们在孩子的出生日记里写下这样一段话：给孩子取名北北，是我们对最北方这片土地的呼唤，是为了纪念留在洛古河的青春。北北，将是我们永远守护的最美的江山。

是的，我也看到过这里最美的江山———一面五星红旗，高高飘扬在最北的江水，最北的土地，最北的哨所，最北的舰船之上，高高飘扬在最北的战士和人民心中。

我无数次想起蓝天白云下的原始森林，白桦林漫无边际，樟子松和落叶松绵延万里，它们挺拔站立，如队列整齐、整装待发的士兵。

它们守卫的地方，是最北的祖国。

沿途有河共秋深

一

大雨过后，秋风来了，高远的天空仿佛被净水洗过，白云在蓝天上打着滚儿，像一朵朵逃跑的浪花。

但流水还在蓝天下，不急不慢，平展开阔，大河变成了时间的容器，盛满粼粼波光。

和往常一样，打鱼人的小船，在清晨的鸟鸣声中穿过茂盛的芦苇荡，像拨开深绿色的帷幔，划了出来，他们又开始了与大河交谈的一天。

打鱼人把河流变成了自己的影子，他们把故乡安放在船上，安放在这样一条名叫"北河"的河流里。

他们在岸上用木板搭了两间板房，门上挂一木牌，用工整的印刷体写下四个大字"北河人家"。春天到来的时候，他们在门前摘网，把肚子鼓胀的鲫鱼又扔回河里。大河带来了澎湃的春潮，但似乎并没有给他们带来满意的收获，围着蓝头巾的中年妇人把网挂在岸边两棵老柳树粗壮的枝丫上，她坐在旁边，呆呆凝望着河流出神，手上还沾着新鲜的水草。灿烂的阳光下，悬挂在树杈间的渔网一闪一闪，像在晾晒被扯下来的一块星空。她并不知道，她拥有一张能打捞星星的渔网。

盛夏，打鱼人从河边苇丛里捡回两只长得像鸭子的动物，不管在河的任何地方，它们总是成双出现，以至于很多人把它们叫成鸳鸯，从此，北河的传奇里也有了它们的传奇。

它们在葳蕤的荷花丛中嬉戏，人们站在岸边，看到远处高大的荷叶荷花被一条水线划得茎摇叶倒，仿佛被一个奔跑的人挠了胳肢窝般笑得花枝乱颤，还在惊诧发生了什么，突然地，一对鸭子脑袋就从眼前钻了出来，扑腾着，溅了人们一脚面的水。人们笑骂这鬼头鬼脑的小东西，散步中便多了几分乐趣。

自从这条河清淤规划，建成园林般的风景后，天更蓝了，水更清了，河变成了四季有绿、花香弥漫的河，自然吸引了很多动物。有一年曾飞来八只天鹅，被当地人视为吉兆，亲切地称呼它们"八仙"。布谷、戴胜、白鹭，还有许多不知名的鸟不知哪一天就拍打着翅膀落在一根倔强的芦苇上，被人看到了也不急着逃跑。

但人们之前真没见过这个模样的"鸭子"，显然，它们不是本地鸭的品种，养到秋天了也没下个蛋，惹得打鱼人有些不满，想杀了它们又感觉违背了对某些词汇美好的念想，于是就任由它们自由自在荒废着玩乐着。

是私奔的，还是上游放水被冲到这里的？人们纷纷猜测，却也没什么根据。总之，它们的到来，引发了人们对一条河流神秘的猜想。

这条河的打鱼人都是松树村的村民。松树村是一个能通往大河的村庄，不是河的源头，却依河而建，为河命名，守着一条大河过日子。

松树村没有一棵松树，却有着大片槐树和毛白杨，槐花盛开的时节，花的甜香落进河里，被大河的流水带出去很远。

穿过种满白毛杨的斜坡，打鱼人喜欢沿着新修的水泥路走向这条河。

以前，这里还没有一条通往大河的路，大片芦苇野茫茫的。秋天来，打鱼人没进荒草，冬天来，连通大河的天地间都被厚厚的白雪覆盖。树木说伐就伐了，喜鹊带着好消息也走了，有一年看到南飞的雁，叫声缭绕着土墙边的荒草。

后来，村村通工程把村庄里泥泞的土路变成了光滑平整的水泥路。路通畅了，连平凡的日子也跟着流动起来，这样的光阴在每一位农人身上静静流淌。

这个秋天的清晨，打鱼人把网具背在肩上，晨雾已经散去，秋风从更宽阔处吹来，乡村的秋天散发着牛粪混合麦秸的味道。

土狗还守在路的尽头，牵牛花爬满了沿途的篱笆。这种随处可见的野花儿是乡村的代言人，也是通往河流的路上忠诚的追随者。它点亮着秘密的灯盏，弯曲盘旋的长茎像一卷一卷电线——牵牛花给乡间路通上了电，它们匆匆赶路，一路带着自己的发电厂。

而临近河岸的牵牛花长得更加茂盛，昂着细长脖颈。我亲眼见过一只小虫爬进去再也没有爬出来，滑下去的露珠也不见了，就像这细长的不是它们的脖颈，而是一条神秘的通道或峡谷，风在里面呼呼地刮，峡谷后面，是萎长的藤蔓，攀爬着，通向更加神奇的秘密之城。

打鱼人也正在去往他的秘密之城——北河一处被祖辈称作"窖子坑"的河段。这个季节，他要去大河深处撒下秋天第一网。

显然，他对一条大河了如指掌，他要去的那片流水中，每到这个季节，鱼儿们就会争先恐后跃出水面，他经常偷偷去那里投食，现在，他要赶去带回他的收获。

秋天的河流平缓开阔，人们仿佛已从河流的倒影里看到打鱼人收网，收获了一网肥美的白鲢，鱼儿身上，堆满了光阴的碎银。

是啊，秋天来了。在打鱼人眼前或身后，万物正向着各自的秘密之城进发，他走过的路旁，向日葵站在红砖围墙后，饱满着，像一个个日渐成熟的少女羞涩地耷拉着脑袋。篱笆外一朵倭瓜花上面，还残留着昨夜的露水，犹如晶莹的泪滴。如果仔细看，每朵花都有着不同的表情，但它们都开得水灵灵的。

生长在临近大河的土地上，流水使万物滋润丰腴。

和这村的打鱼人一样，我也喜欢沿着这条路走向大河，尤其那样的时刻，毛白杨刚被昨夜的雨水冲洗过，枝叶被风吹动的声音薄而透明，翅膀一样爹起。看上去，就像一棵大树长满了羽毛，或站满了扑扇着翅膀的花喜鹊。秋天来了，我喜欢的美妙声响还在枝头，还挂在高处。

对打鱼人来说，这个季节是最后的收获季节，秋天很快会过去，冬天来了，大河就会变成一条售卖流水的冰柜。落光了叶子的树上又开满麻雀，一阵阵凛冽的西北风不时将它们从这棵树上吹下来，又吹到那棵树上。吹散了又聚拢，聚拢了又吹散，在林间盘旋。

等到天地间降下一场大雪，整条河变成了一条从天边蜿蜒垂挂的白练，连岸边的石头都会被坚冰冻住。冬钓的人企图掀开石块儿，露出藏在石头下的小洞，他们用锄头敲打着，像在努力唤醒一个陷入往事的人，一点点敲碎它身边的逝去的时光。

打鱼人从不去结冰的河上垂钓，大河已陷入冬眠，他也该回到村庄，守在自家的炉火旁。

打鱼人知道，河流的主人从来都不是他们。

二

河的四季是打鱼人的四季，河的历史却是小城的历史。

城叫傺城。在平原,这座小城是以地势高峻著称的。从小就听年长的人念叨世代流传下来的俗语:气死龙王爷,淹不了傺城街。其实小城无岭无丘,又怎么称得上高峻呢?追根究底,无非是一位名叫"那颜傺盏"的元代大将军将营寨建在土坡上作为驻兵屯粮之所。营寨渐聚作城池,城池演变为城市,转眼间,风沙催黄了绿草,几百年过去了。就是这个"傺城",如今更令祖先们骄傲起来,《现代汉语词典》几番改版校正,"傺"字的含义却愈加明晰,只有一个解释:傺城,地名,在河北。

若要再往前追究,恐怕要追到春秋战国时期,这里属于燕国旧地,蛮荒之地处处上演着古战场的悲鸣:春来黄沙漫卷,夏日雨水过后,遍野葎草和爬藤,秋色是深茂的萎黄,大地上一波又一波无际的枯草,南去的雁飞过,甚至乌鸦也飞走了,接着,冬天到了,以极寒之地闻名的燕国的冬天,冰雪迟迟不会融化。

不只生长草木和冰雪,土地上还生长人与河流。

还记得20世纪80年代初,在小城的文物展览中,我见过石刀、石斧、骨针,这是人类遗留在这片土地上最早的消息。春秋战国算什么久远?这些器物足以证明,新石器时代这个地方就有人类居住。

燕国的刀币,汉代绳纹陶片、铜镞,唐代战甲残片,等等,文物是人类和岁月共同打造的时光残骸。征战谋伐,山河幻梦,超越了光阴的器物将人类在这片土地上的生命轨迹连成了一条完整的线。

而比文物更早出现在大地上的河流,更是生命与历史最古老的见证者。

依稀记得在某博物馆见过一块刻有三条深深曲线的粗糙石礅(或是石砖?),曲线蛇一般弯曲延伸,不知始于何代,像某种传递着神秘信息的天书。讲解员告诉我们,这些曲线便是对河流的标记。我们猜想,这块石礅,曾于某个久远的年代矗立在一条古道的道口或河船码头,提醒着过往的人们前方有河。顿觉有一股力量牵拉着我的手,似要带它去往沧桑的背后,那石刻的流水中有牙齿,有撕咬,有刀斧,有呐喊,磋磨着我稚嫩的手掌。

这些粗粝曲线流淌的不仅是一条大地上的河流,更是一条真实的历史的河流。

有河流的地方人类就会出现,河流史和人类发展的历史从来都是相生相伴,生命逐水而居,是自然和本能的选择。

北河历史上被称为"通津河",因它在城北,当地人便为它取了个朗朗上口的小名儿——北河。

流水必有来处,据传北河是因滦河泛滥冲刷改道形成,河底的泉眼,如同一棵大树的根脉,泉眼连接着繁茂的地下水系,源源不断的水流自泉眼涌出,供养着大河。

千百年来,滦河流域水患频仍,但这神奇的河流却不枯不漫很少酿生水患，仿佛慈悲的胸怀一般，无限盛放下天地的惩罚与恩泽，看顾和滋养着古城人民。

后来盛唐繁荣，水运发达，河流开发成了趋势。宋金战争，战略物资的运输更要依靠水上交通。大金开通运河，北河作为途中一段不可忽视的转折点，终于和滦河汇通，奔入渤海。

待到元灭了金，河流带来了元朝的兵马粮草，也带来了元将那颜倗盏，他率众疏浚河道，夯土筑墙，并将古城命名为"倗城"，这片土地又变成了他的驻兵屯粮之所。

朝代更迭，水道越挖越宽，流水也越行越远，一条乡间野河，终于获得了奔赴大海的力量和声响。从此，流水有了去处，城池有了繁衍。

河被写进历史，河就变成了一条有历史的河。当季节的风沙又一次封存了朝代的遗迹，曾经叱咤风云的大将军那颜倗盏也成为一尊铜像雕塑，跃马屹立在北河南岸。

他的背后，是高达六米多的元代土城墙，也许岁月的磨砺和人为破坏使它变得沧桑残破，但城墙上植被依然葳蕤，繁茂的杜梨树不知生长了多少年，跟随春天一起到来的白色花朵在每一个秋天变成青红的果实，坠满枝头。

如今，这座土城墙成为省级文物保护单位，一段历史的证明终被完善地守护起来。

而将军的铜像对面，大河水流泱泱，川流不息，如同星河在天宇间流动。流水用奔腾的姿势告诉人们，时光远去了，但时光也从不曾远去，时光正在到来。

三

小鱼是在北河里游着泳长大的孩子，他的家就在松树村。

陪伴我们少年时代的北河河水真清啊，靠近河岸的水底铺满细沙，水清得能看到河蚌留在细沙上的一道浅浅的线，沿着这条线到尽头伸手去抓，就能从细沙中摸出一只黑色的河蚌，河蚌越大，留在细沙上的线就越深、越宽。

和小鱼一样在大河边嬉戏玩耍着生长的孩子们，似乎天生就掌握了与河流相处的本事，他们教我用罐头瓶钓鱼钓虾。把细小的米粒撒进罐头瓶里，再把用线拴好的罐头瓶沉进水草茂盛的地方，不一会儿拉上来，就看到瓶子里游弋着小鱼小虾。

北河苇草茂盛，打鱼人会把长久不用的木船泊在芦苇丛里，我们拿着树枝草棒杀进芦苇丛，却发现木船早已被一群野鸭占领，此刻正惊慌无措四散奔逃，它们逃走的地方，遗落着几只花皮的野鸭蛋。

北河的富饶和神秘像谜一样吸引着我们。在一个夏天的傍晚，小鱼带我偷偷上了他父亲的渔船，我们决定去河中央寻找传说中的白鱼精。

那是一艘小小的木头船，船桨是一根长竹竿，我们亲眼看见小鱼的父亲用这根长竹竿左边一下、右边一下，把竹竿插进水里一撑，船就动了。小鱼和我都挥不动那根长竹竿，我们两个只好探出身子，用手掌划水。

月亮升起来了，我们兴奋地想象着人们嘴里这条神秘的白鱼跃出水面的情景，带着一身镜子那么亮堂的白色鳞片，像一道光跃上天空，这多像梦中的情景啊。但我们划呀划呀，小船总在原地打转。大河越来越暗，星空却越来越开阔，犹如天空中另一条河流，一闪一闪泛着神秘的白光。我第一次在流水中仰望星空，直到睡着了，直到大人们打着手电从四面八方找来，我依然欣喜满足地沉溺于梦境，并相信在我们陷入梦境时，那条白鱼一定跃上过星空，是它把河流变成了我们的摇篮。

每个少年心中都有一条河吧。

我曾在一篇文章中这样写道：家乡有一条大河，河的消息就是四季的消息，一波一波，河水向岸边派送砂石，在岁月里淘洗自己……

一条野河也在岁月中不断蜕变，变成了一条城中河，一座天然公园，国家3A级旅游景区。政府越来越重视河流开发，一条有着传奇故事和历史的河流在北方这座古朴的小城昼夜流淌，让小城人看尽了风光。春天的繁花翠柳，白鹭莺啼；夏季的万亩荷花，画舫游鱼；秋天芦荻白头，夕阳下万顷波澜淌金；冬天万物结冰，大雪覆野。枯黄的苇草、荷花，墨青的河岸、石头，黑黢的老柳，使河流变成了国画中的枯墨、淡彩。

而当夜晚降临，跨越河流南北两岸的北河大桥也亮起了灯盏，端庄华丽的中华灯随着宽阔的建设路延伸，拱形大桥十三道孔洞灯带齐明，横跨大河连通两岸，宛如璀璨星桥。

皓月牵引着环河居民楼的灯光，呼应着建设路上如织的车流，远远看去，闪亮的车灯仿佛两队萤火虫，分别向大河南岸和北岸飞去。一个撕开田野中茫茫的黑暗，一个汇入无际的万家灯火。

这是人间流淌的另一条生息之河。

当然，与大河一同流淌的还有历史和文化。

河北岸矗立着评剧、皮影、乐亭大鼓创始人的雕像，是冀东文艺三枝花发源地的名片。有"天下第一影人"之称的巨大皮影雕塑、巨型大鼓、书法碑廊掩映在绿柳红花中。河的南岸，元代的黄土城墙沧桑，斑驳厚重的城墙，犹如端坐在这片土地上深沉的老者，继续记录和见证着他怀抱中古城的未来。

当又一个秋天到来，小城里的人们和往常一样从河流的怀抱中醒来，城市建设的塔吊已准备好将朝阳送往天空。很多人和我一样，习惯清晨到河边散步，秋天的大河开阔爽朗，草木在释放往事，空气里的味道让人想流泪。

有人在河边吹萨克斯，是名曲《回家》，流水拍打堤岸，发出一阵比一阵热烈的掌声。

不知流水是否在为万物的四季鼓掌。我看到一朵月见草和一只忙着产卵的麻蝇正忙于自己的生活。太阳就要出来了，月见草正在闭合，花芯里那只麻蝇也许会被花朵关在里面，直到晚上才能出来。合起来的月见草像如来那只攥着孙悟空的手掌，也像子宫。也许麻蝇渴望在这间安静的房子里生下它的孩子。它们身后的大河里，浮萍浅黄色的小花苞正在打开，为新一天的到来点亮一盏盏小灯。

  一切都在静静地流淌。